HU SHI'S
DREAM OF RED MANSIONS

胡適的紅樓夢考證

——曹雪芹與《紅樓夢》——

從考據版本到細究年代背景，新紅學之奠基

「《紅樓夢》的考證是不容易做的，一來因為材料太少，
二來因為向來研究這部書的人都走錯了道路。」

胡適——著

曹雪芹小像之謎、各抄本謬誤論證、脂批文字異同比較……
——開新紅學一派，胡適談紅樓夢最根本之問題！

內容

目錄

《紅樓夢》考證（改定稿）

一

《紅樓夢》的考證是不容易做的，一來因為材料太少，二來因為向來研究這部書的人都走錯了道路。他們怎樣走錯了道路呢？他們不去搜求那些可以考定《紅樓夢》的著者，時代，版本，等等的材料，卻去收羅許多不相干的零碎史事來附會《紅樓夢》裡的情節。他們並不曾做《紅樓夢》的考證，其實只做了許多《紅樓夢》的附會！這種附會的「紅學」又可分作幾派。

第一派說《紅樓夢》「全為清世祖與董鄂妃而作，兼及當時的諸名王奇女」。他們說董鄂妃即是秦淮名妓董小宛，本是當時名士冒闢疆的妾，後來被清兵奪去，送到北京，得了清世祖的寵愛，封為貴妃。後來董妃夭死，清世祖哀痛的很，遂跑到五臺山做和尚去了。依這一派的話，冒闢疆與他的朋友們說的董小宛之死，都是假的；清史上說的清世祖在位十八年而死，也是假的。這一派說《紅樓夢》裡的賈寶玉即是清世祖，林黛玉即是董妃。「世祖臨宇十八年，寶玉便十九歲出家；世祖自肇祖以來為第七代，寶玉便言『一子成佛，七祖昇天』，又恰中第七名舉人；世祖諡『章』，寶玉便諡『文妙』，文章兩字可暗射。」「小宛名白，故黛玉名黛，粉白黛綠之意也。」

小宛是蘇州人，黛玉也是蘇州人；小宛在如皋，黛玉亦在揚州。小宛來自鹽官，黛玉來自巡鹽御史之署。小宛入宮，年已二十有七；黛玉入京，年只十三餘，恰得小宛之半。……小宛遊金山時，人以為江妃踏波而上，故黛玉號『瀟湘妃子』，實從『江妃』二字得來。」（以上引的話均見王夢阮先生的《〈紅樓夢〉索隱》的提要）

這一派的代表是王夢阮先生的《〈紅樓夢〉索隱》。這一派的根本錯誤已被孟蓴蓀先生的《董小宛考》（附在蔡孑民先生的《〈石頭記〉索隱》之後，頁一三一以下）用精密的方法一一證明了。孟先生在這篇《董小宛考》裡證明董小宛生於明天啟四年甲子，故清世祖生時，小宛已十五歲了；順治元年，世祖方七歲，小宛已二十一歲了；順治八年正月二日，小宛死，年二十八歲，而清世祖那時還是一個十四歲的小孩子。小宛比清世祖年長一倍，斷無入宮邀寵之理。孟先生引據了許多書，按年分別，證據非常完備，方法也很細密。那種無稽的附會，如何當得起孟先生的摧破呢？例如《〈紅樓夢〉索隱》說：

> 漁洋山人題冒闢疆妾圓玉、女羅畫三首之二末句云「洛川淼淼神人隔，空費陳王八斗才」，亦為小琬而作。圓玉者，琬也；玉旁加以宛轉之義，故曰圓玉。女羅，羅

敷女也，均有深意。神人之隔，又與死別不同矣。（《提要》頁一二）

孟先生在《董小宛考》裡引了清初的許多詩人的詩來證明冒闢疆的妾並不止小宛一人；女羅姓蔡，名含，很能畫蒼松墨鳳；圓玉當是金曉珠，名玥，崑山人，能畫人物。曉珠最愛畫洛神（汪舟次有曉珠手臨洛神圖卷跋，吳薗次有乞曉珠畫洛神啟），故漁洋山人詩有「洛川淼淼神人隔」的話。我們若懂得孟先生與王夢阮先生兩人用的方法的區別，便知道考證與附會的絕對不相同了。

《〈紅樓夢〉索隱》一書，有了《董小宛考》的辨正，我本可以不再批評他了。但這書中還有許多絕無道理的附會，孟先生都不及指摘出來。如他說：「曹雪芹為世家子，其成書當在乾嘉時代。書中明言南巡四次，是指高宗時事，在嘉慶時所作可知。……意者此書但經雪芹修改，當初創造另自有人。……揣其成書亦當在康熙中葉。……至乾隆朝，事多忌諱，檔案類多修改。《紅樓》一書，內廷索閱，將為禁本，雪芹先生勢不得已，乃為一再修訂，俾愈隱而愈不失其真。」（《提要》頁五至六）但他在第十六回鳳姐提起南巡接駕一段話的下面，又注道：「此作者自言也。聖祖二次南巡，即駐蹕雪芹之父曹寅鹽署中，雪芹以童年召對，故有此筆。」下面趙嬤嬤說甄家接駕四次一段的下面，又注道：「聖祖南巡四次，此言接駕四次，特明為乾隆時事。」我們看這三段《索隱》，可以看出許多錯誤。（1）第十六回明說二三十年前「太祖皇帝」南巡時的幾次接駕；趙嬤嬤年長，故「親眼看見」。我們如何能指定前者為康熙時的南巡而後者為乾隆時的南巡呢？（2）康熙帝二次南巡在二十八年（1689），到四十二年曹寅才做兩淮巡鹽御史。《索隱》說康熙帝二次南巡駐蹕曹寅鹽院署，是錯的。（3）《索隱》說康熙帝二次南巡時，「雪芹以童年召對」，又說雪芹成書在嘉慶時。嘉慶元年（1796）上距康熙二十八年，已隔百零七年了。曹雪芹成書時，他可不是一百二三十歲了嗎？（4）《索隱》說《紅樓夢》成書在乾嘉時代，又說是在嘉慶時所作，這一說最謬。《紅樓夢》在乾隆時已風行，有當時版本可證（詳考見後文）。況且袁枚在《隨園詩話》裡曾提起曹雪芹的《紅樓夢》；袁枚死於嘉慶二年，詩話之作更早的多，如何能提到嘉慶時所作的《紅樓夢》呢？

第二派說《紅樓夢》是清康熙朝的政治小說。這一派可用蔡孑民先生的《〈石頭記〉索隱》作代表。蔡先生說：

《石頭記》……作者持民族主義甚摯。書中本事在弔明之亡，揭清之失，而尤於漢族名士仕清者寓痛惜之意。當時既慮觸文網，又欲別開生面，特於本事之上，加以數層障幕，使讀者有「橫看成嶺側成峰」之狀況……（《〈石頭記〉索隱》頁一）書中「紅」字多隱「朱」字。朱者，明也，漢也。寶玉有「愛紅」之癖，言以滿人而愛漢族文化也；好吃人口上胭脂，言拾漢人唾餘也。……當時清帝雖躬修文學，且創開博學鴻詞科，實專以籠絡漢人，初不願滿人漸染漢俗，其後雍、乾諸朝亦時時申誡之。故第十九回襲人勸寶玉道：「再不許吃人嘴上擦的胭脂了，與那愛紅的毛病兒。」又黛玉見寶玉腮上血漬，詢知為淘澄胭脂膏子所濺，謂為「帶出幌子，吹到舅舅耳裡，又大家不乾淨惹氣」，皆此意。寶玉在大觀園中所居曰怡紅院，即愛紅之義。所謂曹雪芹於悼紅軒中增刪本書，則弔明之義也……（頁三至四）

書中女子多指漢人，男子多指滿人。不但「女子是水作的骨肉，男人是泥作的骨肉」與「漢」字「滿」字有關係也；中國古代哲學以陰陽二字說明一切對待之事物，《易》坤卦彖傳曰：「道地也，妻道也，臣道也。」是以夫妻君臣分配於陰陽也，《石頭記》即用其義。第三十一回……翠縷說：「知道了！姑娘（史湘雲）是陽，我就是陰。……人家說主子為陽，奴才為陰。我連這個大道理也不懂得！」……清制，對於君主，滿人自稱奴才，漢人自稱臣。臣與奴才，並無二義。以民族之對待言之，征服

者為主，被征服者為奴。本書以男女影滿、漢，以此。（頁九至十）

這些是蔡先生的根本主張。以後便是「闡證本事」了。依他的見解，下面這些人是可考的：

（1）賈寶玉，偽朝之帝系也；寶玉者，傳國璽之義也，即指胤礽（康熙帝的太子，後被廢）。（頁十至二二）

（2）《石頭記》敘巧姐事，似亦指胤礽，巧字與礽字形相似也……（頁二三至二五）

（3）林黛玉影朱竹垞（朱彝尊）也。絳珠，影其氏也。居瀟湘館，影其竹垞之號也……（頁二五至二七）

（4）薛寶釵，高江村（高士奇）也。薛者，雪也。林和靖詩「雪滿山中高士臥，月明林下美人來」。用薛字以影江村之姓名（高士奇）也……（頁二八至四二）

（5）探春影徐健庵也。健庵名乾學，乾卦作「三」，故曰三姑娘。健庵以進士第三人及第，通稱探花，故名探春……（頁四二至四七）

（6）王熙鳳影余國柱也。王即柱字偏旁之省，國字俗寫作「国」，故熙鳳之夫曰

璉，言二王字相連也……（頁四七至六一）

（7）史湘雲，陳其年也。其年又號迦陵。史湘雲佩金麒麟，當是「其」字「陵」字之借音。氏以史者，其年嘗以翰林院檢討纂修《明史》也……（頁六一至七一）

（8）妙玉，姜西溟（姜宸英）也。姜為少女，以妙代之。《詩》曰，「美如玉」，「美如英」。玉字所以代英字也（從徐柳泉說）……（頁七二至八七）

（9）惜春，嚴蓀友也……（頁八七至九一）

（10）寶琴，冒闢疆也……（頁九一至九五）

（11）劉老老，湯潛庵（湯斌）也……（頁九五至百十）

蔡先生這部書的方法是：每舉一人，必先舉他的事實，然後引《紅樓夢》中情節來配合。我這篇文裡，篇幅有限，不能表示他的引書之多和用心之勤：這是我很抱歉的。但我總覺得蔡先生這麼多的心力都是白白的浪費了，因為我總覺得他這部書到底還只是一種很牽強的附會。我記得從前有個燈謎，用杜詩「無邊落木蕭蕭下」來打一個「日」字。這個謎，除了做謎的人自己，是沒有人猜得中的。因為做謎的人先想著南北朝的齊和梁兩朝都是姓蕭的；其次，把「蕭蕭下」的「蕭蕭」解作兩個姓蕭的朝代；其次，二蕭的下面是那姓陳的陳朝。想著了「陳」字，然後把偏旁去掉（無邊），再把「東」字裡的「木」字去掉（落木），剩下的「日」字，才是謎底！你若不能繞這許多彎子，休想猜謎！假使做《紅樓夢》的人當日真個用王熙鳳來影余國柱，真個想著「王即柱字偏旁之省，國字俗寫作国，故熙鳳之夫曰璉，言二王字相連也」，假使他真如此思想，他豈不真成了一個大笨伯了嗎？他費了那麼大氣力，到底只做了「國」字和「柱」字的一小部分，還有這兩個字的其餘部分和那最重要的「餘」字，都不曾做到「謎面」裡去！這樣做的謎，可不是笨謎嗎？用麒麟來影「其年」的其，「迦陵」的陵；用三姑娘來影「乾學」的乾；假使真有這種影射法，都是同樣的笨謎！假使一部《紅樓夢》真是一串這麼樣的笨謎，那就真不值得猜了！

我且再舉一條例來說明這種「索隱」（猜謎）法的無益。蔡先生引蒯若木先生的話，說劉老老即是湯潛庵：

潛庵受業於孫夏峰（孫奇逢，清初的理學家）凡十年。夏峰之學本以象山（陸九淵）、陽明（王守仁）為宗，《石頭記》，「劉老老之女婿曰王狗兒，狗兒之父曰王成。其祖上曾與鳳姐之祖、王夫人之父認識；因貪王家勢利，便連了宗」，似指此。

其實《紅樓夢》裡的王家既不是專指王陽明的學派，此處似不應該忽然用王家代表王學，況且從湯斌想到孫奇逢，從孫奇逢想到王陽明學派，再從陽明學派想到王夫人一家，又從王家想到王狗兒的祖上，又從王狗兒轉到他的丈母劉老老——這個謎可不是比那「無邊落木蕭蕭下」的謎還更難猜嗎？蔡先生又說《石頭記》第三十九回劉老老說的「抽柴」一段故事是影湯斌毀五通祠的事；劉老老的外孫板兒影的是湯斌買的一部《廿一史》；她的外孫女青兒影的是湯斌每天吃的韭菜。這種附會已是很滑稽的了。最妙的是第六回鳳姐給劉老老二十兩銀子，蔡先生說這是影湯斌死後徐乾學賻送的二十金；又第四十二回鳳姐又送老老八兩銀子，蔡先生說這是影湯斌死後唯遺俸銀八兩。這八兩有了下落了，那二十兩也有了下落了；但第四十二回王夫人還送了劉老老兩包銀子，每包五十兩，共是一百兩，這一百兩可就沒有下落了！因為湯斌一生的事實沒有一件可恰合這一百兩銀子的，所以這一百兩雖然比那二十八兩更重要，到底沒有「索隱」的價值！這種完全任意的去取，實在沒有道理，故我說蔡先生的《〈石頭記〉索隱》也還是一種很牽強的附會。

第三派的《紅樓夢》附會家，雖然略有小小的不同，大致都主張《紅樓夢》記的是納蘭成德的事。成德後改名性德，字容若，是康熙朝宰相明珠的兒子。陳康祺的《郎潛紀聞二筆》（即《燕下鄉脞錄》）卷五說：

先師徐柳泉先生云：「小說《紅樓夢》一書即記故相明珠家事；金釵十二，皆納蘭侍衛（成德官侍衛）所奉為上客者也。寶釵影高澹人，妙玉即影西溟（姜宸英）……」徐先生言之甚詳，惜余不盡記憶。

又俞樾的《小浮梅閒話》（《曲園雜纂》三十八）說：

《紅樓夢》一書，世傳為明珠之子而作。……明珠子名成德，字容若。《通志堂經解》每一種有納蘭成德容若序，即其人也。恭讀乾隆五十一年二月二十九日上諭：「成德於康熙十一年壬子科中式舉人，十二年癸丑科中式進士，年甫十六歲。」（適按：此諭不見於《東華錄》，但載於《通志堂經解》之首）然則其中舉人止十五歲，於書中所述頗合也。

錢靜方先生的《紅樓夢考》（附在《〈石頭記〉索隱》之後，頁一二一至一三〇）也頗有贊成這種主張的傾向。錢先生說：

是書力寫寶、黛痴情。黛玉不知所指何人。寶玉固全書之主角，即納蘭侍御也。使侍御而非深於情者，則焉得有此倩影？餘讀《飲水詞抄》，不獨於賓從間得訢合之

> 歡，而尤於閨房內致纏綿之意。即黛玉葬花一段，亦從其詞中脫卸而出。是黛玉雖影他人，亦實影侍御之德配也。

這一派的主張，依我看來，也沒有可靠的根據，也只是一種很牽強的附會。

（1）納蘭成德生於順治十一年，死於康熙二十四年，年三十一歲。他死時，他的父親明珠正在極盛的時代（大學士加太子太傅，不久又晉太子太師），我們如何可說那眼見賈府興亡的寶玉是指他呢？

（2）俞樾引乾隆五十一年上諭說成德中舉人時止十五歲，其實連那上諭都是錯的。成德生於順治十一年；康熙壬子，他中舉人時，年十八；明年癸丑，他中進士，年十九。徐乾學做的《墓誌銘》與韓菼做的《神道碑》，都如此說。乾隆帝因為硬要否認《通志堂經解》的許多序是成德做的，故說他中進士時年止十六歲（也許成德應試時故意減少三歲，而乾隆帝但依據履歷上的年歲）。無論如何，我們不可用寶玉中舉的年歲來附會成德。若寶玉中舉的年歲可以附會成德，我們也可以用成德中進士和殿試的年歲來證明寶玉不是成德了！

（3）至於錢先生說的納蘭成德的夫人即是黛玉，似乎更不能成立。成德原配盧氏，為兩廣總督興祖之女；續配官氏，生二子一女。盧氏早死，故《飲水詞》中有幾首悼亡的詞。錢先生引他的悼亡詞來附會黛玉，其實這種悼亡的詩詞，在中國舊文學裡，何止幾千首？況且大致都是千篇一律的東西。若幾首悼亡詞可以附會林黛玉，林黛玉真要成「人盡可夫」了！

（4）至於徐柳泉說的大觀園裡十二金釵都是納蘭成德所奉為上客的一班名士，這種附會法與《〈石頭記〉索隱》的方法有同樣的危險。即如徐柳泉說妙玉影姜宸英，那麼，黛玉何以不可附會姜宸英？晴雯何以不可附會姜宸英？又如他說寶釵影高士奇，那麼，襲人也可以影高士奇了，鳳姐更可以影高士奇了。我們試讀姜宸英祭納蘭成德的文：

> 兄一見我，怪我落落；轉亦以此，賞我標格。……數兄知我，其端非一。我常箕踞，對客欠伸，兄不余傲，知我任真。我時嫚罵，無問高爵，兄不余狂，知余疾惡。激昂論事，眼睜舌撟，兄為抵掌，助之叫號。有時對酒，雪涕悲歌，謂余失志，孤憤則那？彼何人斯，實應且憎，余色拒之，兄門固扃。

妙玉可當得這種交情嗎？這可不更像黛玉嗎？我們又試讀郭琇參劾高士奇的

奏疏：

……久之，羽翼既多，遂自立門戶。……凡督撫藩臬道府廳縣以及在內之大小卿員，皆王鴻緒等為之居停哄騙而夤緣照管者，餽至成千累萬；即不屬黨護者，亦有常例，名之曰平安錢。然而人之肯為賄賂者，蓋士奇供奉日久，勢焰日張，人皆謂之門路真，而士奇遂自忘乎其為撞騙，亦居之不疑，曰，我之門路真。……以覓館餬口之窮儒，而今忽為數百萬之富翁，試問金從何來？無非取給於各官。然官從何來？非侵國帑，即剝民膏。夫以國帑民膏而填無厭之谿壑，是士奇等真國之蠹而民之賊也。（清史館本傳《耆獻類徵》六十）

寶釵可當得這種罪名嗎？這可不更像鳳姐嗎？我舉這些例的用意是要說明這種附會完全是主觀的，任意的，最靠不住的，最無益的。錢靜方先生說的好：「要之，《紅樓》一書，空中樓閣。作者第由其興會所至，隨手拈來，初無成意。即或有心影射，亦不過若即若離，輕描淡寫，如畫師所繪之百像圖，類似者固多，苟細按之，終覺貌是而神非也。」

二

我現在要忠告諸位愛讀《紅樓夢》的人：我們若想真正瞭解《紅樓夢》，必須先打破這種種牽強附會的《紅樓夢》謎學！

其實做《紅樓夢》的考證，盡可以不用那種附會的法子。我們只須根據可靠的版本與可靠的材料，考定這書的著者究竟是誰，著者的事跡家世，著書的時代，這書曾有何種不同的本子，這些本子的來歷如何。這些問題乃是《紅樓夢》考證的正當範圍。

我們先從「著者」一個問題下手。

本書第一回說這書原稿是空空道人從一塊石頭上抄寫下來的，故名《石頭記》；後來空空道人改名情僧，遂改《石頭記》為《情僧錄》；東魯孔梅溪題為《風月寶鑑》；後因曹雪芹於悼紅軒中，披閱十載，增刪五次，纂成目錄，分出章回，又題曰《金陵十二釵》，並題一絕，即此便是《石頭記》的緣起。詩云：

> 滿紙荒唐言，一把辛酸淚。
> 都云作者痴。誰解其中味？

第百二十回又提起曹雪芹傳授此書的緣由。大概「石頭」與空空道人等名目都是曹雪芹假託的緣起，故當時的人多認這書是曹雪芹作的。袁枚的《隨園詩話》卷二中有一條說：

康熙間，曹練亭（練當作楝）為江寧織造，每出擁八騶，必攜書一本，觀玩不輟。人問：「公何好學？」曰：「非也。我非地方官而百姓見我必起立，我心不安，故藉此遮目耳。」素與江寧太守陳鵬年不相中，及陳獲罪，乃密疏薦陳。人以此重之。其子雪芹撰《紅樓夢》一書，備記風月繁華之盛。中有所謂大觀園者，即余之隨園也。明我齋讀而羨之（坊間刻本無此七字）。當時紅樓中有某校書尤豔，我齋題云（此四字坊間刻本作「雪芹贈云」，今據原刻本改正）：

病容憔悴勝桃花，午汗潮回熱轉加。猶恐意中人看出，強言今日較差些。威儀棣棣若山河，應把風流奪綺羅。不似小家拘束態，笑時偏少默時多。

我們現在所有的關於《紅樓夢》的旁證材料，要算這一條為最早。近人徵引此條，每不全錄；他們對於此條的重要，也多不曾完全懂得。這一條記載的重要，凡有幾點：

（1）我們因此知道乾隆時的文人承認《紅樓夢》是曹雪芹作的。

（2）此條說曹雪芹是曹楝亭的兒子（又《隨園詩話》卷十六也說「雪芹者，曹練事織造之嗣君也」，但此說實是錯的，說詳後）。

（3）此條說大觀園即是後來的隨園。

俞樾在《小浮梅閒話》裡曾引此條的一小部分，又加一注，說：

納蘭容若《飲水詞集》有《滿江紅》詞，為曹子清題其先人所構楝亭，即雪芹也。

俞樾說曹子清即雪芹，是大謬的。曹子清即曹楝亭，即曹寅。我們先考曹寅是誰。吳修的《昭代名人尺牘小傳》卷十二說：

曹寅，字子清，號楝亭，奉天人，官通政司使，江寧織造。校刊古書甚精，有揚州局刻《五韻》《楝亭十二種》，盛行於世，著《楝亭詩抄》。

《揚州畫舫錄》卷二說：

曹寅，字子清，號楝亭，滿洲人，官兩淮鹽院。工詩詞，善書，著有《楝亭詩集》。刊祕書十二種，為《梅苑》《聲畫集》《法書考》《琴史》《墨經》《硯箋》、劉後山（當作劉後村）《千家詩》《禁扁》《釣磯立談》《都城紀勝》《糖霜譜》《錄鬼簿》。今之儀徵餘園門榜「江天傳舍」四字，是所書也。

這兩條可以參看。又韓菼的《有懷堂文稿》裡有《楝亭記》一篇，說：

荔軒曹使君性至孝。自其先人董三服，官江寧，於署中手植楝樹一株，絕愛之，為亭其間，嘗憩息於斯。後十餘年，使君適自蘇移節，如先生之任，則亭頗壞，為新其材，加堊焉，而亭復完。

據此可知曹寅又字荔軒，又可知《飲水詞》中的楝亭的歷史。最詳細的記載是章學誠的《丙辰札記》：

曹寅為兩淮巡鹽御史，刻古書凡十五種，世稱「曹楝亭本」是也。康熙四十三年，四十五年，四十七年，四十九年，間年一任，與同旗李煦互相番代。李於四十四年，四十六年，四十八年，與曹互代；五十年，五十一年，五十二年，五十五年，五十六年，又連任，較曹用事為久矣。然曹至今為學士大夫所稱，而李無聞焉。

不幸章學誠說的那「至今為學士大夫所稱」的曹寅，竟不曾留下一篇傳記給我們做考證的材料，《耆獻類徵》與《碑傳集》都沒有曹寅的碑傳。只有宋和的《陳鵬年傳》（《耆獻類徵》卷一六四，頁一八以下）有一段重要的紀事：

> 乙酉（康熙四十四年），上南巡（此康熙帝第五次南巡）。總督集有司議供張，欲於丁糧耗加三分。有司皆懾服，唯唯。獨鵬年（江寧知府陳鵬年）不服，否否。總督怏怏，議雖寢，則欲抉去鵬年矣。
>
> 無何，車駕由龍潭幸江寧。行宮草創（按此指龍潭之行宮），欲抉去之者因以是激上怒。時故庶人（按此即康熙帝的太子胤礽，至四十七年被廢）從幸，更怒，欲殺鵬年。車駕至江寧，駐蹕織造府。一日，織造幼子嬉而過於庭，上以其無知也，曰：「兒知江寧有好官乎？」曰：「知有陳鵬年。」時有致政大學士張英來朝，上……使人問鵬年，英稱其賢。而英則庶人之所傳，上乃謂庶人曰：「爾師傅賢之，如何殺之？」庶人猶欲殺之。
>
> 織造曹寅免冠叩頭，為鵬年請。當是時，蘇州織造李某伏寅後，為寅　（字不見於字書，似有兒女親家的意思），見寅血被額，恐觸上怒，陰曳其衣，警之。寅怒

而顧之曰：「云何也？」復叩頭，階有聲，竟得請。出，巡撫宋犖逆之曰：「君不愧朱雲折檻矣！」

又我的朋友顧頡剛在《江南通志》裡查出江寧織造的職官如下：

康熙二年至二十三年　曹璽

康熙二十三年至三十一年　桑格

康熙三十一年至五十二年　曹寅

康熙五十二年至五十四年　曹顒

康熙五十四年至雍正六年　曹頫

雍正六年以後　隋赫德

又蘇州織造的職官如下：

康熙二十九年至三十二年　曹寅

康熙三十二年至六十一年　李煦

這兩段的重要，我們可以分開來說：

（1）曹璽，字完璧，是曹寅的父親。胡剛引《上元江寧兩縣誌》道：「織局繁劇，璽至，積弊一清。陛見，陳江南吏治極詳，賜蟒服，加一品，御書『敬慎』扁額。卒於位。子寅。」

（2）因此可知曹寅當康熙二十九年至三十二年時，做蘇州織造；三十一年至三十二年，他兼任江寧織造；三十二年以後，他專任江寧織造二十年。

（3）康熙帝六次南巡的年代，可與上參看：

康熙二三	一次南巡	曹璽為蘇州織造
二八	二次南巡	
三八	三次南巡	曹寅為江寧織造
四二	四次南巡	同上
四四	五次南巡	同上
四六	六次南巡	同上

（4）胡剛又考得「康熙南巡，除第一次到南京駐蹕將軍署外，餘五次均把織造署當行宮」。這五次之中，曹寅當了四次接駕的差。又《振綺堂叢書》內有《聖駕五幸

江南恭錄》一卷，記康熙四十四年的第五次南巡，寫曹寅既在南京接駕，又以巡鹽御史的資格趕到揚州接駕；又記曹寅進貢的禮物及康熙帝迴鑾時賞他通政使司通政使的事，甚詳細，可以參看。

（5）曹顒與曹頫都是曹寅的兒子。曹寅的《楝亭詩抄別集》有《郭振基序》，內說「侍公函丈有年，今公子繼任織部，又辱世講」。是曹顒之為曹寅兒子，已無可疑。曹大概是曹顒的兄弟（說詳下）。

又《四庫全書提要》譜錄類食譜之屬存目裡有一條說：

《居常飲饌錄》一卷。（編修程晉芳家藏本）

國朝曹寅撰。寅字子清，號楝亭，鑲藍旗漢軍。康熙中，巡視兩淮鹽政，加通政司銜。是編以前代所傳飲膳之法匯成一編：一曰，宋王灼《糖霜譜》；二三曰，宋東谿遯叟《粥品》及《粉麵品》；四曰，元倪瓚《泉史》；五曰，元海濱逸叟《製脯鮓法》；六曰，明王叔承《釀錄》；七曰，明釋智舷《茗箋》；八九曰，明灌畦老叟《蔬香譜》及《制蔬品法》。中間《糖霜譜》，寅已刻入所輯《楝亭十種》；其他亦頗散見於《說郛》諸書云。

又《提要》別集類存目裡有一條：

《楝亭詩鈔》五卷，附《詞鈔》一卷。（江蘇巡撫採進本）

國朝曹寅撰。寅有《居常飲饌錄》，已著錄。其詩一刻於揚州，計盈千首；再刻於儀徵，則寅自汰其舊刻，而吳尚中開雕於東園者。此本即儀徵刻也。其詩出入於白居易、蘇軾之間。

《提要》說曹家是鑲藍旗人，這是錯的。《八旗氏族通譜》有曹錫遠一系，說他家是正白旗人，當據以改正。但我們因《四庫提要》提起曹寅的詩集，故後來居然尋著他的全集，計《楝亭詩抄》八卷，《文抄》一卷，《詞抄》一卷，《詩別集》四卷，《詞別集》一卷（天津公園圖書館藏）。從他的集子裡，我們得知他生於順治十五年戊戌（1658）九月七日，他死時大概在康熙五十一年（1712）的下半年，那時他五十五歲。他的詩頗有好的，在八旗的詩人之中，他自然要算一個大家了（他的詩在鐵保輯的《八旗人詩抄》——改名《熙朝雅頌集》裡，占一全卷的地位）。當時的文學大家，如朱彝尊、姜宸英等，都為《楝亭詩抄》作序。

以上關於曹寅的事實，總結起來，可以得幾個結論：

（1）曹寅是八旗的世家，幾代都在江南做官。他的父親曹璽做了二十一年的江寧織造；曹寅自己做了四年的蘇州織造，做了二十一年的江寧織造，同時又兼做了四次的兩淮巡鹽御史。他死後，他的兒子曹顒接著做了三年的江寧織造，他的兒子曹頫接下去做了十三年的江寧織造。他家祖孫三代四個人總共做了五十八年的江寧織造。這個織造真成了他家的「世職」了。

（2）當康熙帝南巡時，他家曾辦過四次以上的接駕的差。

（3）曹寅會寫字，會作詩詞，有詩詞集行世；他在揚州曾管領《全唐詩》的刻印，揚州的詩局歸他管理甚久；他自己又刻有二十幾種精刻的書（除上舉各書外，尚有《周易本義》《施愚山集》等；朱彝尊的《曝書亭集》也是曹寅捐資倡刻的，刻未完而死）。他家中藏書極多，精本有三千二百八十七種之多（見他的《楝亭書目》，京師圖書館有抄本），可見他的家庭富有文學美術的環境。

（4）他生於順治十五年，死於康熙五十一年（1658—1712）。

以上是曹寅的略傳與他的家世。曹寅究竟是曹雪芹的什麼人呢？袁枚在《隨園詩話》裡說曹雪芹是曹寅的兒子。這一百多年以來，大家多相信這話，連我在這篇《考證》的初稿裡也信了這話。現在我們知道曹雪芹不是曹寅的兒子，乃是他的孫子。

最初改正這個大錯的是楊鍾羲先生。楊先生編有《八旗文經》六十卷，又著有《雪橋詩話》三編，是一個最熟悉八旗文獻掌故的人。他在《雪橋詩話續集》卷六，頁二三說：

> 敬亭（清宗室敦誠字敬亭）……嘗為《琵琶亭傳奇》一折，曹雪芹（霑）題句有云：「白傅詩靈應喜甚，定教蠻素鬼排場。」雪芹為楝亭通政孫，平生為詩，大概如此，竟坎坷以終。敬亭挽雪芹詩有「牛鬼遺文悲李賀，鹿車荷鍤葬劉伶」之句。

這一條使我們知道三個要點：

（一）曹雪芹名霑。

（二）曹雪芹不是曹寅的兒子，是他的孫子（《中國人名大辭典》頁九九〇作「名霑，寅子」，似是根據《雪橋詩話》而誤改其一部分）。

（三）清宗室敦誠的詩文集內必有關於曹雪芹的材料。

敦誠字敬亭，別號松堂，英王之裔。他的逸事也散見《雪橋詩話》初、二集中。他有《四松堂集》詩二卷，文二卷，《鷦鷯軒筆塵》一卷。他的哥哥名敦敏，字子明，有《懋齋詩抄》。我從此便到處訪求這兩個人的集子，不料到如今還不曾尋到手。我今年夏間到上海，寫信去問楊鐘羲先生，他回信說，曾有《四松堂集》，但辛亥亂後遺失了。我雖然很失望，但楊先生既然根據《四松堂集》說曹雪芹是曹寅之孫，這話自然萬無可疑。因為敦誠兄弟都是雪芹的好朋友，他們的證見自然是可信的。

我雖然未見敦誠兄弟的全集，但《八旗人詩抄》（《熙朝雅頌集》）裡有他們兄弟的詩一卷。這一卷裡有關於曹雪芹的詩四首，我因為這種材料頗不易得，故把這四首全抄於下。

贈曹雪芹　敦敏

碧水青山曲徑遐，薜蘿門巷足煙霞。尋詩人去留僧壁，賣畫錢來付酒家。燕市狂歌悲遇合，秦淮殘夢憶繁華。新愁舊恨知多少，都付酕醄醉眼斜。

訪曹雪芹不值　敦敏

野浦凍雲深，柴扉晚煙薄。山村不見人，夕陽寒欲落。

佩刀質酒歌　敦誠

秋曉遇雪芹於槐園，風雨淋涔，朝寒襲袂。時主人未出，雪芹酒渴如狂，余因解佩刀沽酒而飲之。雪芹歡甚，作長歌以謝余。余亦作此答之。

我聞賀鑑湖，不惜金龜擲酒壚。又聞阮遙集，直卸金貂作鯨吸。嗟余本非二子狂，腰間更無黃金璫。秋氣釀寒風雨惡，滿園榆柳飛蒼黃。主人未出童子睡，斝乾甕澀何可當！相逢況是淳于輩，一石差可溫枯腸。身外長物亦何有？鸞刀昨夜磨秋霜。且酤滿眼作軟飽，……令此肝肺生角芒。曹子大笑稱「快哉」！擊石作歌聲琅琅。知君詩膽昔如鐵，堪與刀穎交寒光。我有古劍尚在匣，一條秋水蒼波涼。君才抑塞倘欲拔，不妨斫地歌王郎。

寄懷曹雪芹　敦誠

少陵昔贈曹將軍，曾曰魏武之子孫。嗟君或亦將軍後，於今環堵蓬蒿屯。揚州舊夢久已絕，且著臨邛犢鼻褌。愛君詩筆有奇氣，直追昌谷披籬樊。當時虎門數晨夕，西窗剪燭風雨昏。接䍦倒著容君傲，高談雄辯蝨手捫。感時思君不相見，薊門落日松亭尊。勸君莫彈食客鋏，勸君莫叩富兒門。殘杯冷炙有德色，不如著書黃葉村。

我們看這四首詩，可想見他們弟兄與曹雪芹的交情是很深的。他們的證見真是史學家說的「同時人的證見」，有了這種證據，我們不能不認袁枚為誤記了。

這四首詩中，有許多可注意的句子。

第一，如「秦淮殘夢憶繁華」，如「於今環堵蓬蒿屯，揚州舊夢久已絕，且著臨邛犢鼻褌」，如「勸君莫彈食客鋏，勸君莫叩富兒門。殘杯冷炙有德色，不如著書黃葉村」，都可以證明曹雪芹當時已很貧窮，窮的很不像樣了，故敦誠有「殘杯冷炙有德色」的勸戒。

第二，如「尋詩人去留僧壁，賣畫錢來付酒家」，如「知君詩膽昔如鐵」，如「愛君詩筆有奇氣，直追昌谷披籬樊」，都可以使我們知道曹雪芹是一個會作詩又會繪畫的人。最可惜的是曹雪芹的詩現在只剩得「白傅詩靈應喜甚，定教蠻素鬼排場」兩句了。但單看這兩句，也就可以想見曹雪芹的詩大概是很聰明的，很深刻的。敦誠弟兄比他做李賀，大概很有點相像。

第三，我們又可以看出曹雪芹在那貧窮潦倒的境遇裡，很覺得牢騷憂鬱，故不免縱酒狂歌，自尋排遣。上文引的如「雪芹酒渴如狂」，如「相逢況是淳于輩，一石差可溫枯腸」，如「新愁舊恨知多少，都付酕醄醉眼斜」，如「鹿車荷鍤葬劉伶」，都可以為證。

我們既知道曹雪芹的家世和他自身的境遇了，我們應該研究他的年代。這一層頗有點困難，因為材料太少了。敦誠有挽雪芹的詩，可見雪芹死在敦誠之前。敦誠的年代也不可詳考。但《八旗文經》裡有幾篇他的文字，有年月可考，如《拙鵲亭記》作於辛丑初冬，如《松亭再徵記》作於戊寅正月，如《祭周立厓》文中說：「先生與先公始交時在戊寅己卯間；是時先生……每過靜補堂……誠嘗侍幾杖側。……迨庚寅先公即世，先生哭之過時而哀。……誠追述平生……回念靜補堂幾杖之側，已二十餘年矣。」今作一表，如下：

乾隆二三，戊寅（1758）。

乾隆二四，己卯（1759）。

乾隆三五，庚寅（1770）。

乾隆四六，辛丑（1781）。自戊寅至此，凡二十三年。

清宗室永忠（臞仙）為敦誠作葛巾居的詩，也在乾隆辛丑。敦誠之父死於庚寅，他自己的死期大約在二十年之後，約當乾隆五十餘年。紀昀為他的詩集作序，雖無年月可考，但紀昀死於嘉慶十年（1805），而序中的語意都可見敦誠死已甚久了。故我們可以猜定敦誠大約生於雍正初年（約1725），死於乾隆五十餘年（約1785—1790）。

敦誠兄弟與曹雪芹往來，從他們贈答的詩看起來，大概都在他們兄弟中年以前，不像在中年以後。況且《紅樓夢》當乾隆五十六七年時已在社會上流通二十餘年了（說詳下）。以此看來，我們可以斷定曹雪芹死於乾隆三十年左右（約1765）。至於他的年紀，更不容易考定了。但敦誠兄弟的詩的口氣，很不像是對一位老前輩的口氣。我們可以猜想雪芹的年紀至多不過比他們大十來歲，大約生於康熙末葉（約1715—1720）；當他死時，約五十歲左右。

以上是關於著者曹雪芹的個人和他的家世的材料。我們看了這些材料，大概可以明白《紅樓夢》這部書是曹雪芹的自敘傳了。這個見解，本來並沒有什麼新奇，本來是很自然的。不過因為《紅樓夢》被一百多年來的紅學大家越說越微妙了，故我們現在對於這個極平常的見解反覺得他有證明的必要了。我且舉幾條重要的證據如下。

第一，我們總該記得《紅樓夢》開端時，明明地說著：

作者自云曾歷過一番夢幻之後，故將真事隱去，而借「通靈」說此《石頭記》一書也。……自己又云：今風塵碌碌，一事無成，忽念及當日所有之女子，一一細考較去，覺其行止見識皆出我之上。我堂堂鬚眉，誠不若彼裙釵。……當此日，欲將已往所賴天恩祖德，錦衣紈褲之時，飫甘饜肥之日，背父兄教育之恩，負師友規訓之德，以致今日一技無成半生潦倒之罪，編述一集，以告天下。

這話說的何等明白！《紅樓夢》明明是一部「將真事隱去」的自敘的書。若作者是曹雪芹，那麼，曹雪芹即是《紅樓夢》開端時那個深自懺悔的「我」！即是書裡的甄賈（真假）兩個寶玉的底本！懂得這個道理，便知書中的賈府與甄府都只是曹雪芹家的影子。

第二，第一回裡那石頭說道：

我想歷來野史的朝代，無非假借漢唐的名色；莫如我石頭所記，不借此套，只按自己的事體情理，反到新鮮別緻。

又說：

更可厭者，「之乎者也」，非理即文，大不近情，自相矛盾，竟不如我這半世親見親聞的這幾個女子，雖不敢說強似前代書中所有之人，但觀其事跡原委，亦可消愁破悶。

他這樣明白清楚地說這書是我「自己的事體情理」，是我「半世親見親聞的」；而我們偏要硬派這書是說順治帝的，是說納蘭成德的，這豈不是作繭自縛嗎？

第三，《紅樓夢》第十六回有談論南巡接駕的一大段，原文如下：

鳳姐道：「……可恨我小幾歲年紀，若早生二三十年，如今這些老人家也不薄我沒見世面了。說起當年太祖皇帝仿舜巡的故事，比一部書還熱鬧，我偏偏的沒趕上。」

趙嬤嬤（賈璉的乳母）道：「噯喲，那可是千載難逢的！那時候我才記事兒。我們賈府正在姑蘇揚州一帶，監造海船，修理海塘。只預備接駕一次，把銀子花的像淌海水是的。說起來——」

鳳姐忙接道：「我們王府裡也預備過一次。那時我爺爺專管各國進貢朝賀的事，凡有外國人來，都是我們家養活。粵、閩、滇、浙所有的洋船貨物，都是我們家的。」

趙嬤嬤道：「那是誰不知道的？……如今還有現在江南的甄家，——噯喲，好勢派！——獨他們家接駕四次。要不是我們親眼看見，告訴誰也不信的。別講銀子成了糞土；憑是世上有的，沒有不是堆山積海的。『罪過可惜』四個字，竟顧不得了。」

鳳姐道：「我常聽見我們太爺說，也是這樣的。豈有不信的？只納罕他家怎麼就這樣富貴呢？」

趙嬤嬤道：「告訴奶奶一句話：也不過拿著皇帝家的銀子往皇帝身上使罷了。誰家有那些錢買這個虛熱鬧去？」

此處說的甄家與賈家都是曹家。曹家幾代在江南做官，故《紅樓夢》裡的賈家雖在「長安」，而甄家始終在江南。上文曾考出康熙帝南巡六次，曹寅當了四次接駕的差，皇帝就住在他的衙門裡。《紅樓夢》差不多全不提起歷史上的事實，但此處卻鄭重地說起「太祖皇帝仿舜巡的故事」，大概是因為曹家四次接駕乃是很不常見的盛事，故曹雪芹不知不覺的——或是有意的——把他家這樁最闊的大典說了出來。這也是敦敏送他的詩裡說的「秦淮舊夢憶繁華」了。但我們卻在這裡得著一條很重要的證據。因為一家接駕四五次，不是人人可以隨便有的機會。大官如督撫，不能久任一處，便不能有這樣好的機會。只有曹寅做了二十年江寧織造，恰巧當了四次接駕的差。這不是很可靠的證據嗎？

第四，《紅樓夢》第二回敘榮國府的世次如下：

自榮國公死後，長子賈代善襲了官，娶的是金陵世家史侯的小姐為妻，生了兩個兒子：長名賈赦，次名賈政。如今代善早已去世，太夫人尚在。長子賈赦襲了官，為人平靜中和，也不管理家務。次子賈政，自幼酷喜讀書，為人端方正直；祖父鍾愛，原要他以科甲出身的。不料代善臨終時，遺本一上，皇上因恤先臣，即時令長子襲官外，問還有幾子，立刻引見；遂又額外賜了這政老爺一個主事之職，令其入部學習；如今已升了員外郎。

我們可用曹家的世系來比較：

曹錫遠，正白旗包衣人。世居瀋陽地方，來歸年月無考。其子曹振彥，原任浙江鹽法道。

孫：曹璽，原任工部尚書；曹爾正，原任佐領。

曾孫：曹寅，原任通政使司通政使；曹宜，原任護軍參領兼佐領；曹荃，原任司庫。

元孫：曹顒，原任郎中；曹頫，原任員外郎；曹頎，原任二等侍衛，兼佐領；曹天祐，原任州同。（《八旗氏族通譜》卷七十四）

這個世系頗不分明。我們可試作一個假定的世系表如下：

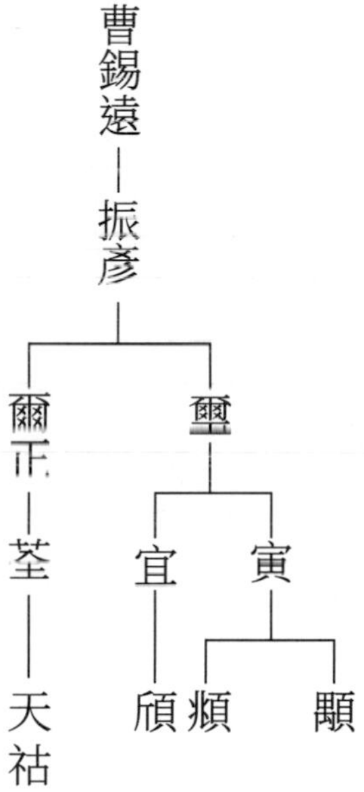

曹寅的《楝亭詩抄別集》中有「辛卯三月聞珍兒殤，書此忍慟，兼示四侄寄東軒諸友」詩三首，其二云：「世出難居長，多才在四三。承家賴猶子，努力作奇男。」四侄即頎，那排行第三的當是那小名珍兒的了。如此看來，顒與頫當是行一與行二。

曹寅死後，曹顒襲織造之職。到康熙五十四年，曹顒或是死了，或是因事撤換了，故次子曹頫接下去做。織造是內務府的一個差事，故不算做官，故《氏族通譜》上只稱曹寅為通政使，稱曹頫為員外郎。但《紅樓夢》裡的賈政，也是次子，也是先不襲爵，也是員外郎。這三層都與曹頫相合。故我們可以認賈政即是曹頫；因此，賈寶玉即是曹雪芹，即是曹頫之子，這一層更容易明白了。

第五，最重要的證據自然還是曹雪芹自己的歷史和他家的歷史。《紅樓夢》雖沒有做完（說詳下），但我們看了前八十回，也就可以斷定：（1）賈家必致衰敗；（2）寶玉必致淪落。《紅樓夢》開端便說，「風塵碌碌，一事無成」；又說，「一技無成，半生潦倒」；又說，「當此蓬牖茅椽，繩床瓦竈」。這是明說此書的著者——即是書中的主角——當著書時，已在那窮愁不幸的境地。況且第十三回寫秦可卿死時在夢中對鳳姐說的話，句句明說賈家將來必到「樹倒猢猻散」的地步。所以我們即使不信後四十回（說詳下）抄家和寶玉出家的話，也可以推想賈家的衰敗和寶玉的流落了。我們再回看上文引的敦誠兄弟送曹雪芹的詩，可以列舉雪芹一生的歷史如下：

（1）他是做過繁華舊夢的人。

（2）他有美術和文學的天才，能作詩，能繪畫。

（3）他晚年的境況非常貧窮潦倒。

這不是賈寶玉的歷史嗎？此外，我們還可以指出三個要點。第一，曹雪芹家自從曹璽、曹寅以來，積成一個很富麗的文學美術的環境。他家的藏書在當時要算一個大藏書家，他家刻的書至今推為精刻的善本。富貴的家庭並不難得；但富貴的環境與文學美術的環境合在一家，在當日的漢人中是沒有的，就在當日的八旗世家中，也很不容易尋找了。第二，曹寅是刻《居常飲饌錄》的人，《居常飲饌錄》所收的書，如《糖霜譜》《製脯鮓法》《粉麵品》之類，都是專講究飲食糖餅的做法的。曹寅家做的雪花餅，見於朱彝尊的《曝書亭集》（二十一，頁十二），有「粉量雲母細，糝和雪糕勻」的稱譽。我們讀《紅樓夢》的人，看賈母對於吃食的講究，看賈家上下對於吃食的講究，便知道《居常飲饌錄》的遺風未泯，雪花餅的名不虛傳！第三，關於曹家衰落的情形，我們雖沒有什麼材料，但我們知道曹寅的親家李煦在康熙六十一年已因虧空被革職查追了。雍正《硃批諭旨》第四十八冊有雍正元年《蘇州織造胡鳳翬奏摺》內稱：

今查得李煦任內虧空各年餘剩銀兩，現奉旨交督臣查弼納查追外，尚有六十一年辦六十年分應存剩銀六萬三百五十五兩零，並無存庫，亦系李煦虧空。……所有歷年動用銀兩數目，另開細折，並呈御覽。

又第十三冊有《兩淮巡鹽御史謝賜履奏摺》內稱：

竊照兩淮應解織造銀兩，歷年遵奉已久。茲於雍正元年三月十六日，奉戶部諮行，將江蘇織造銀兩停其支給；兩淮應解銀兩，匯行解部。……前任鹽臣魏廷珍於康熙六十一年內未奉部文停止之先，兩次解過蘇州織造銀五萬兩。……再本年六月內奉有停止江寧織造之文。查前鹽臣魏廷珍經解過江寧織造銀四萬兩，臣任內……解過江寧織造銀四萬五千一百二十兩。……臣請將解過蘇州織造銀兩在於審理李煦虧空案內並追；將解過江寧織造銀兩行令曹頫解還戶部。

李煦做了三十年的蘇州織造，又兼了八年的兩淮鹽政，到頭來竟因虧空被查追。胡鳳翬折內只舉出康熙六十一年的虧空，已有六萬兩之多，加上謝賜履折內舉出應退還兩淮的十萬兩，這一年的虧空就是十六萬兩了！他歷年虧空的總數之多，可以想見。這時候，曹頫（曹雪芹之父）雖然還未曾得罪，但謝賜履折內已提及兩事：一是停止兩淮應解織造銀兩，一是要曹頫賠出本年已解的八萬一千餘兩。這個江寧織造就不好做了。我們看了李煦的先例，就可以推想曹頫的下場也必是因虧空而查追，因查追而抄沒家產。關於這一層，我們還有一個很好的證據。袁枚在《隨園詩話》裡說《紅樓夢》裡的大觀園即是他的隨園。我們考隨園的歷史，可以信此話不是假的。袁枚的《隨園記》（《小倉山房文集》十二）說隨園本名隋園，主人為康熙時織造隋公。此隋公即是隋赫德，即是接曹頫的任的人（袁枚誤記為康熙時，實為雍正六年）。袁枚作記在乾隆十四年己巳（1749），去曹頫卸織造任時甚近，他應該知道這園的歷史。我們從此可以推想曹頫當雍正六年去職時，必是因虧空被追賠，故這個園子就到了他的繼任人的手裡。從此以後，曹家在江南的家產都完了，故不能不搬回北京居住。這大概是曹雪芹所以流落在北京的原因。我們看了李煦、曹頫兩家敗落的大概情形，再回頭來看《紅樓夢》裡寫的賈家的經濟困難情形，便更容易明白了。如第七十二回鳳姐夜間夢見人來找她，說娘娘要一百匹錦，鳳姐不肯給，他就來奪。來旺家的笑道：「這是奶奶日間操心常應候宮裡的事。」一語未了，人回夏太監打發了一個小內監來說話。賈璉聽了，忙皺眉道：「又是什麼話！一年他們也夠搬了。」鳳姐道：「你藏起來，等我見他。」好容易鳳姐弄了一百兩銀子把那小內監打發開去，賈璉出來，笑道：「這一起外祟，何日是了？」鳳姐笑道：「剛說著，就來了一股子。」賈璉道：「昨兒周太監來，張口就是一千兩。我略慢應了些，他不自在。將來得罪人之處不少。這會子再發三二百萬的財，就好了！」又如第五十三回寫黑山村莊頭烏進孝來賈府納年例，賈珍與他談的一段話也很可注意：

賈珍皺眉道：「我算定你至少也有五千銀子來。這夠做什麼的！……真真是叫別過年了！」

烏進孝道：「爺的地方還算好呢。我兄弟離我那裡只有一百多里，竟又大差了。他現管著那府（榮國府）八處莊地，比爺這邊多著幾倍，今年也是這些東西，不過二三千兩銀子，也是有饑荒打呢。」

賈珍道：「如何呢？我這邊到可已，沒什麼外項大事，不過是一年的費用。……比不得那府裡（榮國府），這幾年添了許多化錢的事，一定不可免是要化的，卻又不添銀子產業。這一二年裡賠了許多。不和你們要，找誰去？」

烏進孝笑道：「那府裡如今雖添了事，有去有來。娘娘和萬歲爺豈不賞嗎？」

賈珍聽了，笑向賈蓉等道：「你們聽聽，他說的可笑不可笑？」

賈蓉等忙笑道：「你們山坳海沿子上的人，那裡知道這道理？娘娘難道把皇上的庫給我們不成？……就是賞，也不過一百兩金子，才值一千多兩銀子，夠什麼？這二年，那一年不賠出幾千兩銀子來？頭一年省親，連蓋花園子，你算算那一注化了多少，就知道了。再二年，再省一回親，只怕精窮了！……」

賈蓉又說又笑，向賈珍道：「果真那府裡窮了。前兒我聽見二嬸娘（鳳姐）和鴛鴦悄悄商議，要偷老太太的東西去當銀子呢。」

借當的事又見於第七十二回：

鴛鴦一面說，一面起身要走。賈璉忙也立起身來說道：「好姐姐，略坐一坐兒，兄弟還有一事相求。」說著，便罵小丫頭：「怎麼不泡好茶來！快拿乾淨蓋碗，把昨日進上的新茶泡一碗來！」說著，向鴛鴦道：「這兩日因老太太千秋，所有的幾千兩都使完了。幾處房租地租統在九月才得。這會子竟接不上。明兒又要送南安府裡的禮，又要預備娘娘的重陽節，還有幾家紅白大禮，至少還要二三千兩銀子用，一時難去支借。俗語說的好，求人不如求己。說不得，姐姐擔個不是，暫且把老太太查不著的金銀傢伙，偷著運出一箱子來，暫押千數兩銀子，支騰過去。」

因為《紅樓夢》是曹雪芹「將真事隱去」的自敘，故他不怕瑣碎，再三再四的描寫他家由富貴變成貧窮的情形。我們看曹寅一生的歷史，絕不像一個貪官汙吏；他家所以後來衰敗，他的兒子所以虧空破產，大概都是由於他一家都愛揮霍，愛擺闊架子；講究吃喝，講究場面；收藏精本的書，刻行精本的書；交結文人名士，交結貴族大官，招待皇帝，至於四次五次；他們又不會理財，又不肯節省；講究揮霍慣了，收縮不回來——以至於虧空，以至於破產抄家。《紅樓夢》只是老老實實地描寫這一個「坐吃山空」「樹倒猢猻散」的自然趨勢。因為如此，所以《紅樓夢》是一部自然主義的傑作。那班猜謎的紅學大家不曉得《紅樓夢》的真價值正在這平淡無奇的自然主義的上面，所以他們偏要絞盡心血去猜那想入非非的笨謎，所以他們偏要用盡心思去替《紅樓夢》加上一層極不自然的解釋。

總結上文關於「著者」的材料，凡得六條結論：

（1）《紅樓夢》的著者是曹雪芹。

（2）曹雪芹是漢軍正白旗人，曹寅的孫子，曹頫的兒子，生於極富貴之家，身經極繁華綺麗的生活，又帶有文學與美術的遺傳與環境。他會作詩，也能畫，與一班八旗名士往來。但他的生活非常貧苦，他因為不得志，故流為一種縱酒放浪的生活。

（3）曹寅死於康熙五十一年。曹雪芹大概即生於此時，或稍後。

（4）曹家極盛時，曾辦過四次以上的接駕的闊差；但後來家漸衰敗，大概因虧空得罪被抄沒。

（5）《紅樓夢》一書是曹雪芹破產傾家之後，在貧困之中作的。作書的年代大概當乾隆初年到乾隆三十年左右，書未完而曹雪芹死了。

（6）《紅樓夢》是一部隱去真事的自敘：裡面的甄、賈兩寶玉，即是曹雪芹自己的化身；甄、賈兩府即是當日曹家的影子（故賈府在「長安」都中，而甄府始終在江南）。

現在我們可以研究《紅樓夢》的「本子」問題。現今市上通行的《紅樓夢》雖有無數版本，然細細考較去，除了有正書局一本外，都是從一種底本出來的。這種底本是乾隆末年間程偉元的百二十回全本，我們叫他做「程本」。這個程本有兩種本子，一種是乾隆五十七年壬子（1792）的第一次活字排本，可叫做「程甲本」。一種也是乾隆五十七年壬子程家排本，是用「程甲本」來校改修正的，這個本子可叫做「程乙本」。「程甲本」我的朋友馬幼漁教授藏有一部，「程乙本」我自己藏有一部。乙本遠勝於甲本，但我仔細審察，不能不承認「程甲本」為外間各種《紅樓夢》的底本。各本的錯誤矛盾，都是根據於「程甲本」的，這是《紅樓夢》版本史上一件最不幸的事。

此外，上海有正書局石印的一部八十回本的《紅樓夢》，前面有一篇德清戚蓼生的序，我們可叫他做「戚本」。有正書局的老闆在這部書的封面上題著「國初抄本《紅樓夢》」，又在首頁題著「原本《紅樓夢》」。那「國初抄本」四個字自然是大錯的。那「原本」兩字也不妥當。這本已有總評，有夾評，有韻文的評贊，又往往有「題」詩，有時又將評語抄入正文（如第二回），可見已是很晚的抄本，絕不是「原本」了。但自程氏兩種百二十回本出版以後，八十回本已不可多見。戚本大概是乾隆時無數輾轉傳抄本之中幸而儲存的一種，可以用來參校程本，故自有他的相當價值，正不必假託「國初抄本」。

《紅樓夢》最初只有八十回，直至乾隆五十六年以後始有百二十回的《紅樓夢》。這是無可疑的。程本有程偉元的序，序中說：

> 《石頭記》是此書原名。……好事者每傳抄一部置廟市中，昂其值得數十金，可謂不脛而走者矣。然原本目錄一百二十卷，今所藏只八十卷，殊非全本。即間有稱全部者，及檢閱仍只八十卷，讀者頗以為憾。不佞以是書既有百二十卷之目，豈無全璧？

爰為竭力蒐羅，自藏書家甚至故紙堆中，無不留心。數年以來，僅積有二十餘卷。一日，偶於鼓擔上得十餘卷，遂重價購之，欣然翻閱，見其前後起伏尚屬接榫（榫音筍，削木入竅名榫，又名榫頭）。然漶漫不可收拾。乃同友人細加釐剔，截長補短，抄成全部，復為鐫板，以公同好。《石頭記》全書至是始告成矣。……小泉程偉元識。

我自己的程乙本還有高鶚的一篇序，中說：

予聞《紅樓夢》膾炙人口者，幾廿餘年，然無全壁，無定本。……今年春，友人程子小泉過予，以其所購全書見示，且曰：「此僕數年銖積寸累之苦心，將付剞劂，公同好。子閒且憊矣，盍分任之？」予以是書雖稗官野史之流，然尚不謬於名教，欣然拜諾，正以波斯奴見寶為幸，遂襄其役。工既竣，並識端末，以告閱者。時乾隆辛亥冬至後五日鐵嶺高鶚敘，並書。

此序所謂「工既竣」，即是程式說的「同友人細加釐剔，截長補短」的整理工夫，並非指刻板的工程。我這部程乙本還有七條「引言」，比兩序更重要，今節抄幾條於下。

（一）是書前八十回，藏書家抄錄傳閱幾三十年矣。今得後四十回，合成完璧。緣友人借抄爭睹者甚夥，抄錄固難，刊板亦需時日，姑集活字刷印。因急欲公諸同好，故初印時不及細校，間有紕繆。今復聚集各原本，詳加校閱，改訂無訛。唯閱者諒之。

（二）書中前八十回，抄本各家互異。今廣集核勘，準情酌理，補遺訂訛。其間或有增損數字處，意在便於披閱，非敢爭勝前人也。

（三）是書沿傳既久，坊間繕本及諸家所藏祕稿，繁簡歧出，前後錯見。即如六十七回此有彼無，題同文異，燕石莫辨。茲唯擇其情理較協者，取為定本。

（四）書中後四十回系就歷年所得，集腋成裘，更無他本可考，唯按其前後關照者，略為修輯，使其有應接而無矛盾。至其原文，未敢臆改。俟再得善本，更為釐定，且不欲盡掩其本來面目也。

引言之末，有「壬子花朝後一日，小泉、蘭墅又識」一行。蘭墅即高鶚。我們看上文引的兩序與引言，有應該注意的幾點：

（1）高序說「聞《紅樓夢》膾炙人口者，幾廿餘年」。引言說「前八十回，藏書家抄錄傳閱，幾三十年」。從乾隆壬子上數三十年，為乾隆二十七年壬午（1762）。今知乾隆三十年間此書已流行，可證我上文推測曹雪芹死於乾隆三十年左右之說大概無大差錯。

（2）前八十回，各本互有異同。例如引言第三條說「六十七回此有彼無，題同文異」。我們試用戚本六十七回與程本及市上各本的六十七回互校，果有許多同異之處，程本所改的似勝於戚本。大概程本當日確曾經過一番「廣集各本核勘，準情酌理，補遺訂訛」的工夫，故程本一出即成為定本，其餘各抄本多被淘汰了。

（3）程偉元的序裡說，《紅樓夢》當日雖只有八十回，但原本卻有一百二十卷的目錄。這話可惜無從考證（戚本目錄並無後四十回）。我從前想當時各抄本中大概有些是有後四十回目錄的，但我現在對於這一層很有點懷疑了（說詳下）。

（4）八十回以後的四十回，據高、程兩人的話，是程偉元歷年雜湊起來的——先得二十餘卷，又在鼓擔上得十餘卷，又經高鶚費了幾個月整理修輯的工夫，方才有這部百二十回本的《紅樓夢》。他們自己說這四十回「更無他本可考」；但他們又說：「至其原文，未敢臆改。」

（5）《紅樓夢》直到乾隆五十六年（1791）始有一百二十回的全本出世。

（6）這個百二十回的全本最初用活字版排印，是為乾隆五十七年壬子（1792）的程本。這本又有兩種小不同的印本：（一）初印本（即程甲本）「不及細校，間有紕繆」。此本我近來見過，果然有許多紕繆矛盾的地方。（二）校正印本，即我上文說的程乙本。

（7）程偉元的一百二十回本的《紅樓夢》，即是這一百三十年來的一切印本《紅樓夢》的老祖宗。後來的翻本，多經過南方人的批註，書中京話的特別俗語往往稍有改換；但沒有一種翻本（除了戚本）不是從程本出來的。

這是我們現有的一百二十回本《紅樓夢》的歷史。這段歷史裡有一個大可研究的問題，就是「後四十回的著者究竟是誰」？

俞樾的《小浮梅閒話》裡考證《紅樓夢》的一條說：

> 《船山詩草》有「贈高蘭墅鶚同年」一首云：「豔情人自說《紅樓》。」注云：「《紅樓夢》八十回以後，俱蘭墅所補。」然則此書非出一手。按鄉會試增五言八韻詩，始乾隆朝。而書中敘科場事已有詩，則其為高君所補，可證矣。

俞氏這一段話極重要。他不但證明了程排本作序的高鶚是實有其人，還使我們知道《紅樓夢》後四十回是高鶚補的。船山即是張船山，名問陶，是乾隆、嘉慶時代的一個大詩人。他於乾隆五十三年戊申（1788）中順天鄉試舉人，五十五年庚戌（1790）成進士，選庶吉士。他稱高鶚為同年，他們不是庚戌同年，便是戊申同年。但高鶚若是庚戌的新進士，次年辛亥他作《〈紅樓夢〉序》不會有「閒且憊矣」的話；故我推測他們是戊申鄉試的同年。後來我又在《郎潛紀聞二筆》卷一裡發現一條關於高鶚的事實：

嘉慶辛酉京師大水，科場改九月，詩題「百川赴巨海」……闈中罕得解。前十本將進呈，韓城王文端公以通場無知出處為憾。房考高侍讀鶚搜遺卷，得定遠陳黻卷，亟呈薦，遂得南元。

辛酉（1801）為嘉慶六年。據此，我們可知高鶚後來曾中進士，為侍讀，且曾做嘉慶六年順天鄉試的同考官。我想高鶚既中進士，就有法子考查他的籍貫和中進士的年份了。果然我的朋友顧頡剛先生替我在《進士題名錄》上查出高鶚是鑲黃旗漢軍人，乾隆六十年乙卯（1795）科的進士，殿試第三甲第一名。這一件引起我注意《題名錄》

一類的工具，我就發憤搜求這一類的書。果然我又在清代《御史題名錄》裡，嘉慶十四年（1809）下，尋得一條：

高鶚，鑲黃旗漢軍人，乾隆乙卯進士，由內閣侍讀考選江南道御史，刑科給事中。

又《八旗文經》二十三有高鶚的《操縵堂詩稿跋》一篇，末署乾隆四十七年壬寅（1782）小陽月。我們可以總合上文所得關於高鶚的材料，做一個簡單的《高鶚年譜》如下：

乾隆四七（1782），高鶚作《操縵堂詩稿跋》。

乾隆五三（1788），中舉人。

乾隆五六至五七（1791—1792），補作《紅樓夢》後四十回，並作序例。《紅樓夢》百廿回全本排印成。

乾隆六〇（1795），中進士，殿試三甲一名。

嘉慶六（1801），高鶚以內閣侍讀為順天鄉試的同考官，闈中與張問陶相遇，張作詩送他，有「豔情人自說《紅樓》」之句；又有詩注，使後世知《紅樓夢》八十回以後是他補的。

嘉慶一四（1809），考選江南道御史，刑科給事中。——自乾隆四七至此，凡二十七年。大概他此時已近六十歲了。

後四十回是高鶚補的，這話自無可疑。我們可約舉幾層證據如下：

第一，張問陶的詩及注，此為最明白的證據。

第二，俞樾舉的「鄉會試增五言八韻詩始乾隆朝，而書中敘科場事已有詩」一項，這一項不十分可靠，因為鄉會試用律詩，起於乾隆二十一二年，也許那時《紅樓夢》前八十回還沒有作成呢。

第三，程氏說先得二十餘卷，後又在鼓擔上得十餘卷。此話便是作偽的鐵證，因為世間沒有這樣奇巧的事！

第四，高鶚自己的序，說的很含糊，字裡行間都使人生疑。大概他不願完全埋沒他補作的苦心，故引言第六條說：「是書開卷略志數語，非云弁首，實因殘缺有年，一旦顛末畢具，大快人心；欣然題名，聊以記成書之幸。」因為高鶚不諱他補作的事，故張船山贈詩直說他補作後四十回的事。

但這些證據固然重要，總不如內容的研究更可以證明後四十回與前八十回絕不是一個人作的。我的朋友俞平伯先生曾舉出三個理由來證明後四十回的回目也是高鶚補作的。他的三個理由是：（1）和第一回自敘的話都不合；（2）史湘雲的丟開；（3）不合作文時的程序。這三層之中，第三層姑且不論。第一層是很明顯的：《紅樓夢》的開端明說「一技無成，半生潦倒」；明說「蓬牖茅椽，繩床瓦竈」；豈有到了末尾說寶玉出家成仙之理？第二層也很可注意。第三十一回的回目「因麒麟伏白首雙星」，確是可怪！依此句看來，史湘雲後來似乎應該與寶玉做夫婦，不應該此話全無照應。以此看來，我們可以推想後四十回不是曹雪芹作的了。

其實何止史湘雲一個人？即如小紅，曹雪芹在前八十回裡極力描寫這個攀高好勝的丫頭，好容易她得著了鳳姐的賞識，把她提拔上去了；但這樣一個重要人才，豈可沒有下場？況且小紅同賈藝的感情，前面既經曹雪芹那樣鄭重描寫，豈有完全沒有結果之理？又如香菱的結果也絕不是曹雪芹的本意。第五回的「十二釵副冊」上寫香菱結局道：

> 根並荷花一莖香，平生遭際實堪傷。自從兩地生孤木，致使芳魂返故鄉。

兩地生孤木，合成「桂」字。此明說香菱死於夏金桂之手，故第八十回說香菱

「血分中有病，加以氣怨傷肝，內外挫折不堪，竟釀成乾血之症，日漸羸瘦，飲食懶進，請醫服藥無效」。可見八十回的作者明明的要香菱被金桂磨折死。後四十回裡卻是金桂死了，香菱扶正：這豈是作者的本意嗎？此外，又如第五回「十二釵正冊」上說鳳姐的結局道：「一從二令三人木，哭向金陵事更哀。」這個謎竟無人猜得出，許多批《紅樓夢》的人也都不敢下註解。所以後四十回裡寫鳳姐的下場竟完全與這「二令三人木」無關。這個謎只好等上海靈學會把曹雪芹先生請來降壇時再來解決了！此外，又如寫和尚送玉一段，文字的笨拙，令人讀了作嘔。又如寫賈寶玉忽然肯做八股文，忽然肯去考舉人，也沒有道理。高鶚補《紅樓夢》時，正當他中舉人之後，還沒有中進士。如果他補《紅樓夢》在乾隆六十年之後，賈寶玉大概非中進士不可了！

以上所說，只是要證明《紅樓夢》的後四十回確然不是曹雪芹作的。但我們平心而論，高鶚補的四十回，雖然比不上前八十回，也確然有不可埋沒的好處。他寫司棋之死，寫鴛鴦之死，寫妙玉的遭劫，寫鳳姐的死，寫襲人的嫁，都是很有精采的小品文字。最可注意的是這些人都寫作悲劇的下場。還有那最重要的「木石前盟」一件公案，高鶚居然忍心害理的教黛玉病死，教寶玉出家，做一個大悲劇的結束，打破中國小說的團圓迷信。這一點悲劇的眼光，不能不令人佩服。我們試看高鶚以後，那許多

「續紅樓夢」和「補紅樓夢」的人，那一人不是想把黛玉、晴雯都從棺材裡扶出來，重新配給寶玉？那一個不是想作一部「團圓」的《紅樓夢》的？我們這樣退一步想，就不能不佩服高鶚的補本了。我們不但佩服，還應該感謝他，因為他這部悲劇的補本，靠著那個「鼓擔」的神話，居然打倒了後來無數的團圓《紅樓夢》，居然替中國文字儲存了一部有悲劇下場的小說！

以上是我對於《紅樓夢》的「著者」和「本子」兩個問題的答案。我覺得我們做《紅樓夢》的考證，只能在這兩個問題上著手；只能運用我們力所能蒐集的材料，參考互證，然後抽出一些比較的最近情理的結論。這是考證學的方法。我在這篇文章裡，處處想撇開一切先人的成見；處處存一個搜求證據的目的；處處尊重證據，讓證據做嚮導，引我到相當的結論上去。我的許多結論也許有錯誤的——自從我第一次發表這篇《考證》以來，我已經改正了無數大錯誤了——也許有將來發現新證據後即須改正的。但我自信：這種考證的方法，除了《董小宛考》之外，是向來研究《紅樓夢》的人不曾用過的。我希望我這一點小貢獻，能引起大家研究《紅樓夢》的興趣，能把將來的《紅樓夢》研究引上正當的軌道去：打破從前種種穿鑿附會的「紅學」，創造科學方法的《紅樓夢》研究！

十，三，二七初稿
十，十一，十二改定稿

【附記】

初稿曾附錄《寄蝸殘贅》一則：

《紅樓夢》一書，始於乾隆年間。……相傳其書出漢軍曹雪芹之手，嘉慶年間，逆犯曹綸即其孫也。滅族之禍，實基於此。

這話如果確實，自然是一段很重要的材料，因此我就去查這一樁案子的事實。嘉慶十八年癸酉（1813），天理教的信徒林清等勾通宮裡的小太監，約定於九月十五日起事，乘嘉慶帝不在京城的時候，攻入禁城，占據皇宮。但他們的區區兩百個烏合之眾，如何能幹這種大事？所以他們全失敗了，林清被捕，後來被磔死。

林清的同黨之中，有一個獨石口都司曹綸和他的兒子曹福昌都是很重要的同謀犯，那年十月己未的上諭說：

> 前因正黃旗漢軍兵丁曹福昌從習邪教，與知逆謀。……茲據訊明，曹福昌之父曹綸聽從林清入教，經劉四等告知逆謀，允為收眾接應。曹綸身為都司，以四品職官習教從逆，實屬豬狗不如，罪大惡極！……

那年十一月中，曹綸等都被磔死。

清禮親王昭槤是當日在紫禁城裡的一個人，他的《嘯亭雜錄》卷六記此事有一段說：

> 有漢軍獨石口都司曹綸者，侍郎曹瑛後也（瑛字一本或作寅），家素貧，嘗得林清佽助，遂入賊黨。適之任所，乃命其子曹福昌勾結不軌之徒，許為城中內應。……曹福昌臨刑時，告劊子手曰：「我是可交之人，至死不賣友以求生也！……」

《寄蝸殘贅》說曹綸是曹雪芹之孫，不知是否根據《嘯亭雜錄》說的。我當初已疑心此曹瑛不是曹寅，況且官書明說曹瑛是正黃旗漢軍，與曹寅不同旗。前天承陳筱莊先生（寶泉）借我一部《靖逆記》（蘭簃外史纂，嘉慶庚辰刻），此書記林清之變很詳細。其第六卷有《曹綸傳》，記他家世系如下：

曹綸，漢軍正黃旗人。曾祖金鐸，官驍騎校；伯祖瑛，歷官工部侍郎；祖珹，雲南順寧府知府；父廷奎，貴川安順府同知。……廷奎三子，長紳，早卒；次維，武備院工匠；次綸，充整儀衛，擢治儀正，兼公中佐領，升獨石口都司。

此可證《寄蝸殘贅》之說完全是無稽之談。

十，十一，十二

跋《紅樓夢考證》

一

我在《紅樓夢考證》的改定稿（《胡適文存》卷三，頁一八五至二四九）裡，曾根據於《雪橋詩話》《八旗文經》《熙朝雅頌集》三部書，考出下列的幾件事：

（1）曹雪芹名霑，不是曹寅的兒子，是曹寅的孫子。（頁二一二）

（2）曹雪芹後來很貧窮，窮的很不像樣了。

（3）他是一個會作詩又會繪畫的人。

（4）他在那貧窮的境遇裡，縱酒狂歌，自己排遣那牢騷的心境。（以上頁二一五

至二一六）

（5）從曹雪芹和他的朋友敦誠弟兄的關係上看來，我說「我們可以斷定曹雪芹死於乾隆三十年左右（約1765）」。

又說「我們可以猜想雪芹……大約生於康熙末葉（約1715—1720）；當他死時，約五十歲左右」。

我那時在各處搜求敦誠的《四松堂集》，因為我知道《四松堂集》裡一定有關於曹雪芹的材料。我雖然承認楊鐘羲先生（《雪橋詩話》）確是根據《四松堂集》的，但我總覺得《雪橋詩話》是「轉手的證據」，不是「原手的證據」。不料上海、北京兩處大索的結果，竟使我大失望。到了今年，我對於《四松堂集》已是絕望了。有一天，一家書店的夥計跑來說：「《四松堂集》找著了！」我非常高興，但是開啟書來一看，原來是一部《四松草堂詩集》，不是《四松堂集》。又一天，陳肖莊先生告訴我說，他在一家書店裡看見一部《四松堂集》。我說：「恐怕又是四松草堂罷？」陳先生回去一看，果然又錯了。

今年四月十九日，我從大學回家，看見門房裡桌子上擺著一部退了色的藍布套的書，一張斑剝的舊書籤上題著《四松堂集》四個字！我自己幾乎不信我的眼力了，連忙拿來開啟一看，原來真是一部《四松堂集》的寫本！這部寫本確是天地間唯一的孤本。因為這是當日付刻的底本，上有付刻時的校改，刪削的記號。最重要的是這本子裡有許多不曾收入刻本的詩文。凡是已刻的，題上都印有一個「刻」字的戳子。刻本未收的，題上都貼著一塊小紅籤。題下注的甲子，都被編書的人用白紙塊貼去，也都是不曾刻的。——我這時候的高興，比我前年尋著吳敬梓的《文木山房集》時的高興，還要加好幾倍了！

卷首有永忠（也是清宗室裡的詩人，有《神清室詩稿》）、劉大觀、紀昀的序，有敦誠的哥哥敦敏作的小傳。全書六冊，計詩兩冊，文兩冊，《鷦鷯庵筆塵》兩冊。《雪橋詩話》《八旗文經》《熙朝雅頌集》改採的詩文都是從這裡面選出來的。我在《考證》裡引的那首《寄懷曹雪芹》，原文題下注一「霑」字，又「揚州舊夢久已絕」一句，原本絕字作覺，下貼一籤條，注云：「雪芹曾隨其先祖寅織造之任。」《雪橋詩話》說曹雪芹名霑，為楝亭通政孫，即是根據於這兩條注的。又此詩中「薊門落日松亭尊」一句，尊字原本作樽，下注云：「時餘在喜峰口。」按敦敏作的小傳，乾隆二十二年丁丑（1757），敦誠在喜峰口。此詩是丁丑年作的。又《考證》引的《佩刀質酒歌》雖無年月，但其下第二首題下注「癸未」，大概此詩是乾隆二十七年壬午作的。這兩首之外，還有兩首未刻的詩。

（1）賜曹芹圃（注）即雪芹

滿徑蓬蒿老不華，舉家食粥酒常賒。衡門僻巷愁今雨，廢館頹樓夢舊家。司業青錢留客醉，步兵白眼向人斜。阿誰買與豬肝食，日望西山餐暮霞。

這詩使我們知道曹雪芹又號芹圃。前三句寫家貧的狀況，四句寫盛衰之感（此詩作於乾隆二十六年辛巳）。

（2）挽曹雪芹（注）甲申

四十年華付杳冥，哀旌一片阿誰銘？孤兒渺漠魂應逐（註：前數月，伊子殤，因感傷成疾），新婦飄零目豈瞑？牛鬼遺文悲李賀，鹿車荷鍤葬劉憐（適按，此二句又見於《鷦鷯庵筆麈》，楊鐘羲先生從《筆麈》裡引入《詩話》；楊先生也不曾見此詩全文）。故人唯有青山淚，絮酒生芻上舊坰。

這首詩給我們四個重要之點：

（1）曹雪芹死在乾隆二十九年甲申（1764）。我在《考證》說他死在乾隆三十年左右，只差了一年。

（2）曹雪芹死時只有「四十年華」。這自然是個整數，不限定整四十歲。但我們可以斷定他的年紀不能在四十五歲以上。假定他死時年四十五歲，他的生時當康熙五十八年（1719）。《考證》裡的猜測還不算大錯。

關於這一點，我們應該宣告一句。曹寅死於康熙五十一年（1713），下距乾隆甲申，凡五十一年。雪芹必不及見曹寅了。敦誠「寄懷曹雪芹」的詩注說「雪芹曾隨其先祖寅織造之任」，有一點小誤。雪芹曾隨他的父親曹頫在江寧織造任上。曹頫做織造，是康熙五十四年到雍正六年（1715—1728）；雪芹隨在任上大約有十年（1719—1728）。曹家三代四個織造，只有曹寅最著名。敦誠晚年編集，添入這一條小注，那時距曹寅死時已七十多年了，故敦誠與袁枚有同樣的錯誤。

（3）曹雪芹的兒子先死了，雪芹感傷成病，不久也死了。據此，雪芹死後，似乎沒有後人。

（4）曹雪芹死後，還有一個「飄零」的「新婦」。這是薛寶釵呢，還是史湘雲呢？那就不容易猜想了。

《四松堂集》裡的重要材料，只是這些。此外還有一些材料，但都不重要。我們從敦敏作的小傳裡，又可以知道敦誠生於雍正甲寅（1734），死於乾隆戊申（1791），也可以修正我的考證裡的推測。

我在四月十九日得著這部《四松堂集》的稿本。隔了兩天，蔡孑民先生又送來一部《四松堂集》的刻本，是他託人向晚晴簃詩社裡借來的。刻本共五卷：

卷一，詩一百三十七首。

卷二，詩一百四十四首。

卷三，文三十四篇。

卷四，文十九篇。

卷五，《鷦鷯庵筆麈》八十一則。

果然凡底本裡題上沒有「刻」字的，都沒有收入刻本裡去。這更可以證明我的底本特別可貴了。蔡先生對於此書的熱心，是我很感謝的。最有趣的是蔡先生借得刻本之日，差不多正是我得著底本之日。我尋此書近一年多了，忽然三日之內兩個本子一齊到我手裡！這真是「踏破鐵鞋無覓處，得來全不費工夫」了。

十一，五，三

二

答蔡孑民先生的商榷

蔡孑民先生的《石頭記索隱第六版自序》是對於我的《紅樓夢考證》的一篇「商榷」。他說：

知其《紅樓夢》所寄託之人物，可用三法推求：一、品性相類者。二、逸事有徵者。三、姓名相關者。於是以湘雲之豪放而推為其年，以惜春之冷僻而推為蓀友：用第一法也。以寶玉逢魔魘而推為允礽，以鳳姐哭向金陵而推為餘國柱：用第二法也。以探春之名與探花有關而推為健庵，以寶琴之名與孔子學琴於師襄之故事有關而推為闢疆：用第三法也。然每舉一人，率兼用三法或兩法，有可推證，始質言之。其他如元春之疑為徐元文，寶蟾之疑為翁寶林，則以近於孤證，始不列入。自以為審慎之至，與隨意附會者不同。近讀胡適之先生《紅樓夢考證》，列拙著於「附會的紅學」之中，謂之「走錯了道路」，謂之「大笨伯」，「笨謎」；謂之「很牽強的附會」；我實不敢承認。

關於這一段「方法論」，我只希望指出蔡先生的方法是不適用於《紅樓夢》的。有幾種小說是可以採用蔡先生的方法的。最明顯的是《孽海花》。這本是寫時事的書，故書中的人物都可用蔡先生的方法去推求：陳千秋即是田千秋，孫汶即是孫文，莊壽香即是張香濤，祝寶廷即是寶竹坡，潘八瀛即是潘伯寅，姜表字劍雲即是江標字劍霞，成煜字伯怡即是盛昱字伯熙。其次，如《儒林外史》，也有可以用蔡先生的方法去推求的。如馬純上之為馮粹中，莊紹光之為程綿莊，大概已無可疑。但這部書裡的人物，很有不容易猜的；如向鼎，我曾猜是商盤，但我讀完《質園詩集》三十二卷，不曾尋著一毫證據，只好把這個好謎犧牲了。又如杜少卿之為吳敬梓，姓名上全無關係；直到我尋著了《文木山房集》，我才敢相信。此外，金和跋中舉出的人，至多不過可供參考，不可過於信任（如金和說吳敬梓詩集未刻，而我竟尋著乾隆初年的刻本）。《儒林外史》本是寫實在人物的書，我們尚且不容易考訂書中人物，這就可見蔡先生的方法的適用是很有限的了。大多數的小說是絕不可適用這個方法的。歷史的小說如《三國志》，傳奇的小說如《水滸傳》，遊戲的小說如《西遊記》，都是不能用蔡先生的方法來推求書中人物的。《紅樓夢》所以不能適用蔡先生的方法，顧頡剛先生曾舉出兩個重要理由：

（1）別種小說的影射人物，只是換了他姓名，男還是男，女還是女，所做的職業還是本人的職業。何以一到《紅樓夢》就會男變為女，官僚和文人都會變成宅眷？

（2）別種小說的影射事情，總是儲存他們原來的關係。何以一到《紅樓夢》，無關係的就會發生關係了？例如蔡先生考定寶玉為允礽，黛玉為朱竹垞，薛寶釵為高士奇，試問允礽和朱竹垞有何戀愛的關係？朱竹垞與高士奇有何吃醋的關係？

顧先生這話說的最明白，不用我來引申了。蔡先生曾說：「然而安徽第一大文豪（指吳敬梓）且用之，安見漢軍第一大文豪必不出此乎？」這個比例（類推）也不適用，正因為《紅樓夢》與《儒林外史》不是同一類的書。用「品性，逸事，姓名」三項來推求《紅樓夢》裡的人物，就像用這個方法來推求《金瓶梅》裡西門慶的一妻五妾影射何人：結果必是一種很牽強的附會。

我對於蔡先生這篇文章，最不敢贊同的是他的第二節。這一節的大旨是：

> 唯吾人與文學書，最密切之接觸，本不在作者之生平，而在其著作。著作之內容，即胡先生所謂「情節」者，決非無考證之價值。

蔡先生的意思好像頗輕視那關於「作者之生平」的考證。無論如何，他的意思好像是說，我們可以不管「作者之生平」，而考證「著作之內容」。這是大錯的。蔡先生引《託爾斯泰傳》中說的「凡其著作無不含自傳之性質；各書之主角……皆其一己之化身；各書中所敘他人之事，莫不與其己身有直接之關係」。試問作此傳的人若不知「作者之生平」，如何能這樣考證各書的「情節」呢？蔡先生又引各家關於 Faust 的猜想，試問他們若不知道 Goethe 的「生平」，如何能猜想第一部之 Gretchen 為誰呢？

我以為作者的生平與時代是考證「著作之內容」的第一步下手工夫。即如《兒女英雄傳》一書，用年羹堯的事做背景，又假造了一篇雍正年間的序，一篇乾隆年間的序，我們幸虧知道著者文康是咸豐同治年間人，不然，書中提及《紅樓夢》的故事，又提及《品花寶鑑》（道光中作的）裡的徐度香與袁寶珠，豈不都成了靈異的預言了嗎？即如舊說《儒林外史》裡的匡超人即是汪中，現在我們知道吳敬梓死於乾隆十九年，而汪中生於乾隆九年，我們便可以斷定匡超人絕不是汪中了。又舊說《儒林外史》裡的牛布衣即是朱草衣，現在我們知道朱草衣死在乾隆二十一二年，那時吳敬梓已死了二三年了，而《儒林外史》第二十回已敘述牛布衣之死，可見牛布衣大概另是一人了。

因此，我說，要推倒「附會的紅學」，我們必須搜求那些可以考訂《紅樓夢》的著者、時代、版本等等的材料。向來《紅樓夢》一書所以容易被人穿鑿附會，正因為向來的人都忽略了「作者之生平」一個大問題。因為不知道曹家有那樣富貴繁華的環境，故人都疑心賈家是指帝室的家庭，至少也是指明珠一類的宰相之家。因為不深信曹家是八旗的世家，故有人疑心此書是指斥滿洲人的。因為不知道曹家盛衰的歷史，故人都不信此書為曹雪芹把真事隱去的自敘傳。現在曹雪芹的歷史和曹家的歷史既然有點明白了，我很盼望讀《紅樓夢》的人都能平心靜氣地把向來的成見暫時丟開，大家揩揩眼鏡來評判我們的證據是否可靠，我們對於證據的解釋是否不錯。這樣的批評，是我所極歡迎的。

我曾說過：我在這篇文章裡，處處想撇開一切先人的成見；處處存一個搜求證據的目的；處處尊重證據，讓證據做嚮導，引我到相當的結論上去。

此間所謂「證據」，單指那些可以考訂作者、時代、版本等等的證據，並不是那些「紅學家」隨便引來穿鑿附會的證據。若離開了作者、時代、版本等項，那麼，引《東華錄》與引《紅礁畫槳錄》是同樣的「不相干」；引許三禮、郭琇與引冒闢疆、王漁洋是同樣的「不相干」。若離開了「作者之生平」而別求「性情相近，逸事有徵，姓名相關」的證據，那麼，古往今來無數萬有名的人，哪一個不可以化男成女搬進大觀園裡去？又何止朱竹垞、徐健庵、高士奇、湯斌等幾個人呢？況且板兒既可以說是廿四史，青兒既可以說是吃的韭菜，那麼，我們又何妨索性說《紅樓夢》是一部《草木春秋》或《群芳譜》呢？

亞里斯多德在他的《尼可馬鏗倫理學》裡（部甲，四，一〇九九a）曾說：

討論這個學說（指柏拉圖的「名象論」）使我們感覺一種不愉快，因為主張這個學說的人是我們的朋友。但我們既是愛智慧的人，為維持真理起見，就是不得已把我們自己的主張推翻了，也是應該的。朋友和真理既然都是我們心愛的東西，我們就不得不愛真理過於愛朋友了。

我把這個態度期望一切人，尤其期望我所最敬愛的蔡先生。

十一，五，十

考證《紅樓夢》的新材料

一　殘本《脂硯齋重評〈石頭記〉》

去年我從海外歸來，便接著一封信，說有一部抄本《脂硯齋重評〈石頭記〉》願讓給我。我以為「重評」的《石頭記》大概是沒有價值的，所以當時竟沒有回信。不久，新月書店的廣告出來了，藏書的人把此書送到店裡來，轉交給我看。我看了一遍，深信此本是海內最古的《石頭記》抄本，遂出了重價把此書買了。

這部脂硯齋重評本（以下稱「脂本」）只剩十六回了，其目如下：

第一回至第八回

第十三回至第十六回

第二十五回至第二十八回

首頁首行有撕去的一角，當是最早藏書人的圖章。今存圖章三方，一為「劉銓福子重印」，一為「子重」，一為「髣眉」。第二十八回之後幅有跋五條。其一云：

> 《紅樓夢》雖小說，然曲而達，微而顯，頗得史家法。餘向讀世所刊本，輒逆以己意，恨不得起作者一譚。睹此冊，私幸予言之不謬也。子重其寶之。青士、椿餘同觀於半畝園並識。乙丑孟秋。

其一云：

《紅樓夢》非但為小說別開生面，直是另一種筆墨。昔人文字有翻新法，學《梵夾書》。今則寫西法輪齒，仿《考工記》。如《紅樓夢》實出四大奇書之外，李贄、金聖嘆皆未曾見也。戊辰秋記。

此條有「福」字圖章，可見藏書人名劉銓福，字子重。以下三條跋皆是他的筆跡。其一云：

《紅樓夢》紛紛效顰者無一可取。唯《痴人說夢》一種及二知道人《紅樓夢說夢》一種尚可玩，惜不得與佟四哥三絃子一彈唱耳。此本是《石頭記》真本，批者事皆目擊，故得其詳也。癸亥春日白雲吟客筆。（有「白雲吟客」圖章）

李伯盂郎中言翁叔平殿撰有原本而無脂批，與此文不同。

又一條云：

脂硯與雪芹同時人，目擊種種事，故批筆不從臆度。原文與刊本有不同處，尚留真面，惜止存八卷。海內收藏家更有副本，願抄補全之，則妙矣。五月廿七日閱又

記。（有「銓」字圖章）

另一條云：

近日又得妙復軒手批十二巨冊。語雖近鑿，而於《紅樓夢》味之亦深矣。雲客又記。（有「阿瘖瘖」圖章）

此批本丁卯夏借與綿州孫小峰太守，刻於湖南。

第三回有墨筆眉批一條，字跡不像劉銓福，似另是一個人。跋末云：

同治丙寅（五年，1866）季冬月左綿痴道人記。

此人不知即是上條提起的綿州孫小峰嗎？但這裡的年代可以使我們知道跋中所記干支都是同治初年。劉銓福得此本在同治癸亥（1863），乙丑（1865）有椿餘一跋，丙寅有痴道人一條批，戊辰（1868）又有劉君的一跋。

劉銓福跋說「惜止存八卷」，這一句話不好懂。現存的十六回，每回為一卷，不該說止存八卷。大概當時十六回分裝八冊，故稱八卷，後來才合併為四冊。

此書每半頁十二行，每行十八字。楷書。紙已黃脆了，已經了一次裝襯。第十三回首頁缺去小半形，襯紙與原書接縫處印有「劉銓畐子重印」圖章，可見裝襯是在劉氏收得此書之時，已在六十年前了」。

二　脂硯齋與曹雪芹

脂本第一回於「滿紙荒唐言，一把辛酸淚」一詩之後，說：

至脂硯齋甲戌抄閱再評，仍用《石頭記》。出則既明，且看石上是何故事。

「出則既明」以下與有正書局印的戚抄本相同。但戚本無此上的十五字。甲戌為乾隆十九年（1754），那時曹雪芹還不曾死。

據此，《石頭記》在乾隆十九年已有「抄閱再評」的本子了。可見雪芹作此書在乾隆十八九年之前。也許其時已成的部分止有這二十八回。但無論如何，我們不能不把《紅樓夢》的著作時代移前。俞平伯先生的《紅樓夢年表》（《紅樓夢辨》八）把作書時代列在乾隆十九年至二十八年（1754—1763），這是應當改正的了。

脂本於「滿紙荒唐言」一詩的上方有朱評云：

能解者方有辛酸之淚哭成此書。壬午除夕，書未成，芹為淚盡而逝。余嘗哭芹，淚亦待盡。每意覓青埂峰再問石兄，奈不遇癩頭和尚，何悵悵！……甲午八月淚筆。（乾隆三九，1774）

壬午為乾隆二十七年，除夕當1763年2月12日（據陳垣《中西回史日曆》檢查）。

我從前根據敦誠《四松堂集》中《挽曹雪芹》一首詩下注的「甲申」二字，考訂雪芹死於乾隆甲申（1764），與此本所記，相差一年餘。雪芹死於壬午除夕，次日即是癸未，次年才是甲申。敦誠的輓詩作於一年以後，故編在甲申年，怪不得詩中有「絮酒生芻上舊坰」的話了。現在應依脂本，定雪芹死於壬午除夕。再依敦誠輓詩「四十年華付杳冥」的話，假定他死時年四十五，他生時大概在康熙五十六年（1717）。我的《考證》與平伯的年表也都要改正了。

這個發現使我們更容易瞭解《紅樓夢》的故事。雪芹的父親曹頫卸織造任在雍正六年（1728），那時雪芹已十二歲，是見過曹家盛時的了。

脂本第一回敘《石頭記》的來歷云：

空空道人……從頭至尾抄錄回來，問世傳奇：因空見色，由色生情，傳情入色，自色悟空，遂易名為情僧，改《石頭記》為《情僧錄》。至吳玉峰題曰《紅樓夢》；東魯孔梅溪則題曰《風月寶鑑》。後因曹雪芹於悼紅軒中披閱十載，增刪五次，纂成目錄，分出章回，則題曰《金陵十二釵》。

此上有眉評云：

雪芹舊有《風月寶鑑》之書，乃其弟棠村序也。今棠村已逝，余睹新懷舊，故仍因之。

據此，《風月寶鑑》乃是雪芹作《紅樓夢》的初稿，有其弟棠村作序。此處不說曹棠村而用「東魯孔梅溪」之名，不過是故意做狡獪。梅溪似是棠村的別號，此有二層根據：第一，雪芹號芹溪，脂本屢稱芹溪，與梅溪正同行列。第二，第十三回「三春去後諸芳盡，各自須尋各自門」二句上，脂本有一條眉評云：「不必看完，見此二句，即欲墮淚。梅溪。」顧頡剛先生疑此即是所謂「東魯孔梅溪」。我以為此即是雪芹之弟棠村。

又上引一段中，脂本比別本多出「至吳玉峰題曰《紅樓夢》」九個字。吳玉峰與孔梅溪同是故設疑陣的假名。

我們看這幾條可以知道脂硯齋同曹雪芹的關係了。脂硯齋是同雪芹很親近的，同雪芹弟兄都很相熟。我並且疑心他是雪芹同族的親屬。第十三回寫秦可卿託夢於鳳姐一段，上有眉評云：

「樹倒猢猻散」之語，全猶在耳，曲指三十五年矣。傷哉！寧不慟殺！

又可卿提出祖塋置田產附設家塾一段上有眉評云：

語語見道，字字傷心。讀此一段，幾不知此身為何物矣。松齋。

又此回之末鳳姐尋思寧國府中五大弊，上有眉評云：

舊族後輩受此五病者頗多。余家更甚。三十年前事，見書於三十年後，今（令？）余想慟血淚盈□。（此處疑脫一字）

又第八回賈母送秦鐘一個金魁星，有朱評云：

作者今尚記金魁星之事乎？撫今思昔，腸斷心摧。

看此諸條，可見評者脂硯齋是曹雪芹很親的族人，第十三回所記寧國府的事即是他家的事，他大概是雪芹的嫡堂弟兄或從堂弟兄——也許是曹顒或曹頎的兒子。松齋似是他的表字，脂硯齋是他的別號。

這幾條之中，第十三回之一條說：

曲指三十五年矣。

又一條說：

三十年前事，見書於三十年後。

脂本抄於甲戌（1754），其「重評」有年月可考者，有第一回（抄本頁十）之「丁亥春」（1767），有上文已引之「甲午八月」（1774）。自甲戌至甲午，凡二十年。折中假定乾隆二十九年（1764）為上引幾條評的年代，則上推三十五年為雍正七年（1729），曹雪芹約十三歲，其時曹頫剛卸任織造（1728），曹家已衰敗了，但還不曾完全倒落。

此等處皆可助證《紅樓夢》為記述曹家事實之書，可以摧破不少的懷疑。我從前在《紅樓夢考證》裡曾指出兩個可注意之點：

第一，十六回鳳姐談「南巡接駕」一大段，我認為即是康熙南巡，曹寅四次接駕的故事。我說：

曹家四次接駕乃是很不常見的盛事，故曹雪芹不知不覺的——或是有意的——把他家這樁最闊的大典說了出來。（《考證》頁四一）

脂本第十六回前有總評，其一條云：

借省親事寫南巡，出脫心中多少憶昔感今！

這一條便證實了我的假設。我又曾說趙嬤嬤說的賈家接駕一次，甄家接駕四次，都是指曹家的事。脂本於本回「現在江南的甄家……接駕四次」一句之旁，有朱評云：

甄家正是大關鍵，大節目。勿作泛泛口頭語看。

這又是證實我的假設了。

第二，我用《八旗氏族通譜》的曹家世系來比較第二回冷子興說的賈家世次，我當時指出賈政是次子，先不襲職，又是員外郎，與曹頫一一相合，故我認賈政即是曹頫。（《考證》頁四三至四四）這個假設在當時很受朋友批評。但脂本第二回「皇上……賜了這政老爹一個主事之銜，令其入部習學，如今現已升了員外郎」一段之旁有朱評云：

> 嫡真實事，非妄擁也。

這真是出於我自己意料之外的好證據了！

故《紅樓夢》是寫曹家的事，這一點現在得了許多新證據，更是顛撲不破的了。

三　秦可卿之死

第十三回記秦可卿之死，曾引起不少人的疑猜。今本（程乙本）說：

> ……人回東府蓉大奶奶沒了。……當時闔家皆知，無不納悶，都有些傷心。

戚本作：

> 當時閤家皆知，無不納悶，都有些傷心。

坊間普通本子有一種卻作：

當時闔家皆知，無不納悶，都有些疑心。

脂本正作：

當時閤家皆知，無不納罕，都有些疑心。

上有眉評云：

九個字寫盡天香樓事，是不寫之寫。

又本文說：

這四十九日，單請一百單八眾禪僧在大廳上拜大悲懺。……另設一壇於天香樓上。

此九字旁有夾評云：

删卻，是未删之筆。

又本文云：

又聽得秦氏之丫鬟名喚瑞珠者，見秦氏死了，她也觸柱而亡。

旁有夾評云：

> 補天香樓未刪之文。

天香樓是怎麼一回事呢？此回之末，有硃筆題云：

> 「秦可卿淫喪天香樓」，作者用史筆也。老朽因有魂託鳳姐賈家後事二件嫡是安富尊榮坐享人能想得到處，其事雖未漏，其言其意則令人悲切感服，姑赦之，因命芹溪刪去。

又有眉評云：

> 此回只十頁，因刪去天香樓一節，少卻四五頁也。

這可見此回回目原本作：「秦可卿淫喪天香樓，王熙鳳協理寧國府。」後來刪去天香樓一長段，才改為「死封龍禁尉」，平仄便不調了。

秦可卿是自縊死的，毫無可疑。第五回畫冊上明明說：

畫著高樓大廈，有一美人懸樑自縊（此從脂本）。其判云：

情天情海幻情身，情既相逢必主淫。
漫言不肖皆榮出，造釁開端實在寧。

俞平伯在《紅樓夢辨》裡特立專章，討論可卿之死（中卷，頁一五九至一七八）。但顧頡剛引《紅樓佚話》說有人見書中的焙茗，據他說，秦可卿與賈珍私通，被婢撞見，羞憤自縊死的。平伯深信此說，列舉了許多證據，並且指出秦氏的丫鬟瑞珠觸柱而死，可見撞見姦情的便是瑞珠。現在平伯的結論都被我的脂本證明了。

我們雖不得見未刪天香樓的原文，但現在已知道：

（1）秦可卿之死是「淫喪天香樓」。
（2）她的死與瑞珠有關係。
（3）天香樓一段原文占本回三分之一之多。
（4）此段是脂硯齋勸雪芹刪去的。
（5）原文正作「無不納罕，都有些疑心」，戚本始改作「傷心」。

四　《紅樓夢》的「凡例」

《紅樓夢》各本皆無「凡例」。脂本開卷便有「凡例」，又稱「《紅樓夢》旨義」，其中頗有可注意的話，故全抄在下面．

凡例

《紅樓夢》旨義。是書題名極多。□□《紅樓夢》，是總其全部之名也。又曰《風月寶鑑》，是戒妄動風月之情。又曰《石頭記》，是自譬石頭所記之事也。此三名皆書中曾已點睛矣。如寶玉作夢，夢中有曲，名曰「紅樓夢十二支」，此則《紅樓夢》之點睛。又如賈瑞病，跛道人持一鏡來，上面即鏨「風月寶鑑」四字，此則《風月寶鑑》之點睛。又如道人親眼見石上大書一篇故事，則系石頭所記之往來，此則《石頭記》之點睛處。然此書又名曰《金陵十二釵》，審其名則必系金陵十二女子也。然通部細搜檢去，上中下女子豈止十二人哉？若云其中自有十二個，則又未嘗指明白系某某。極（？）至《紅樓夢》一回中亦曾翻出金陵十二釵之簿籍，又有十二支曲可考。

書中凡寫長安，在文人筆墨之間，則從古之稱；凡愚夫婦兒女子家常口角，則曰中京，是不欲著跡於方向也。蓋天子之邦，亦當以中為尊。特避其東南西北四字樣也。

此書只是著意於閨中。故敘閨中之事切，略涉於外事者則簡，不得謂其不均也。

此書不敢干涉朝廷。凡有不得不用朝政者，只略用一筆帶出，蓋實不敢以寫兒女之筆墨唐突朝廷之上也。又不得謂其不備。

以上四條皆低二格抄寫。以下緊接「此書開卷第一回也，作者自云……」一長段，也低二格抄寫。今本第一回即從此句起；而脂本的第一回卻從「列位看官，你道此書從何而來」起。「此書開卷第一回也」以下一長段，在脂本裡，明是第一回之前的引子，雖可說是第一回的總評，其實是全書的「旨義」，故緊接「凡例」之後，同樣低格抄寫。其文與今本也稍稍不同，我們也抄在「凡例」之後，凡脂本異文，皆加符號記出：

此〔書〕開卷第一回也。作者自云，〔因〕曾歷過一番夢幻之後，故將真事隱去，而撰此《石頭記》一書也，故曰「甄士隱夢幻識通靈」。但書中所記何事，〔又因何而撰是書哉？〕自云，〔今〕風塵碌碌，一事無成，忽念及當日所有之女子，一一細推了去，覺其行止見識皆出〔於〕我之上，〔何〕堂堂之鬚眉誠不若彼〔一干〕裙釵，實愧則有餘，悔則無益〔之〕大無可奈何之日也！當此時，〔則〕自欲將已往所賴〔上賴〕天恩，〔下承〕祖德，錦衣紈袴之時，飫甘饜美之日，背父母教育之恩，負師兄（今本作友）規訓之德，已致今日一事（今本作技）無成，半生潦倒之罪，編述一記（今本作集）以告普天下〔人〕。雖（今本作知）我之罪固不能免（此五字今本作「負罪固多」），然閨閣中〔本自〕歷歷有人，萬不可因我不肖（此處各本多「自護己短」四字），則一併使其泯滅也。雖今日之茆椽蓬牖，瓦竈繩床，其風晨月夕，階柳庭花，亦未有傷於我之襟懷筆墨者，何為不用假語村言，敷演出一段故事來，以悅人之耳目哉？（此一長句與今本多不同）故曰「風塵懷閨秀」。〔乃是第一回題綱正義也。開卷即云「風塵懷閨秀」，則知作者本意原為記述當日閨友閨情，並非怨世罵時之書矣。雖一時有涉於世態，然亦不得不敘者，但非其本旨耳。閱者切記之。

詩曰

浮生著甚苦奔忙？盛席華筵終散場。
悲喜千般同幻渺，古今一夢盡荒唐。
謾言紅袖啼痕重，更有情痴抱恨長。
字字看來皆是血，十年辛苦不尋常。〕

我們讀這幾條凡例，可以指出幾個要點：

（1）作者明明說此書是「自譬石頭所記之事」，明明說「系石頭所記之往來」。

（2）作者明明說「此書只是著意於閨中」，又說「作者本意原為記述當日閨友閨情，並非怨世罵時之書」。

（3）關於此書所記地點問題，凡例中也有明白的表示。曹家幾代住南京，故書中女子多是江南人，凡例中明明說「此書又名曰《金陵十二釵》，審其名則必系金陵十二女子也」。

我因此疑心雪芹本意要寫金陵，但他北歸已久，雖然「秦淮殘夢憶繁華」（敦敏贈雪芹詩），卻已模糊記不清了，故不能不用北京做背景。所以賈家在北京，而甄家始終在江南。所以凡例中說，「書中凡寫長安……家常口角則曰中京，是不欲著跡於方向也。……特避其東南西北字樣也」。平伯與頡剛對於這個地點問題曾有很長的討論（《紅樓夢辨》，中，頁五九至八十），他們的結論是「說了半天還和沒有說一樣，我們究竟不知道《紅樓夢》是在南或是在北」（頁七九）。我的答案是：雪芹寫的是北京，而他心裡要寫的是金陵：金陵是事實所在，而北京只是文學的背景。

至如大觀園的問題，我現在認為不成問題。賈妃本無其人，省親也無其事，大觀園也不過是雪芹的「秦淮殘夢」的 境而已。

五　脂本與戚本

現行的《紅樓夢》本子，百廿回本以程甲本（高鶚本）為最古，八十回本以戚蓼生本為最古，戚本更古於高本，那是無可疑的。平伯在數年前對於戚本曾有很大的懷疑，竟說他「決是輾轉傳抄後的本子，不但不免錯誤，且也不免改竄」（《紅樓夢辨》，上，頁一二六）。但我曾用脂硯齋殘本細校戚本，始知戚本一定在高本之前，凡平伯所疑高本勝於戚本之處（頁一三五至一三七），皆戚本為原文，而高本為改本。但那些例子都很微細，我在此文裡不及討論，現在要談幾個更重要之點。

我用脂本校戚本的結果，使我斷定脂本與戚本的前二十八回同出於一個有評的原本，但脂本為直接抄本，而戚本是間接傳抄本。

何以曉得兩本同出於一個有評的原本呢？戚本前四十回之中，有一半有批評，一半沒有批評；四十回以下全無批評。我仔細研究戚本前四十回，斷定原底本是全有批評的，不過抄手不止一個人，有人連評抄下，有人躲懶便把評語刪了。試看下表：

第一回有評第二回無評
第三回有評第四回無評
第五回有評第六回無評
第七回有評第八回無評
第九回有評第十回無評
第十一回無評
第十二回至廿六回有評
第廿七回至卅五回無評
第卅六回至四十回有評

看這個區分，我們可以猜想當時抄手有二人，先是每人分頭抄一回，故甲抄手專抄奇數，便有評；乙抄手抄偶數，便無評；至十二回以下甲抄手連抄十五回，都有評；乙抄手連抄九回，都無評。

戚本前二十八回，所有評語，幾乎全是脂本所有的，意思與文字全同，故知兩本同出於一個有評的原底本。試更舉幾條例為鐵證。戚本第一回云：

一家鄉官，姓甄（真假之甄賈玉亦籍此音，後不注）名費廢，字士隱。

脂本作：

一家鄉官，姓甄（真。後之甄寶玉亦籍此音，後不注）名費（廢），字士隱。

戚本第一條評註誤把「真」字連下去讀，故改「後」為「假」，文法遂不通。第二條注「廢」字誤作正文，更不通了。此可見兩本同出一源，而戚本傳抄在後。

第五回寫薛寶釵之美，戚本作：

品格端方，容貌豐美，人多謂黛玉所不及（此句定評），想世人目中各有所取也。按黛玉、寶釵二人一如嬌花，一如纖柳，各極其妙，此乃世人性分甘苦不同之故耳。

今檢脂本，始知「想世人目中」以下四十二字都是評註，緊接「此句定評」四字之後。此更可見二本同源，而戚本在後。

平伯說戚本有脫誤，上舉兩例便可證明他的話不錯。

我因此推想得兩個結論：

（1）《紅樓夢》的最初底本是有評註的。

（2）最初的評註至少有一部分是曹雪芹自己作的，其餘或是他的親信朋友如脂硯齋之流的。

何以說底本是有評註的呢？脂本抄於乾隆甲戌，那時作者尚生存，全書未完，已是「重評」的了，可以見甲戌以前的底本便有評註了。戚本的評註與脂本的一部分評註全同，可見兩本同出的底本都有評註。又高鶚所據底本也有評註。平伯指出第三十七回賈藝上寶玉的書信末尾寫著「男藝跪書一笑」，檢戚本始知「一笑」二字是評註，誤入正文。程甲本如此，程乙本也如此。平伯說，「高氏所依據的抄本也有這批語，和戚本一樣，這都是奇巧的事」（《紅樓夢辨》，上，頁一四四）。其實這並非「奇巧」，只證明高鶚的底本也出於那有評註的原本而已（高、程刻本合刪評註）。

原底本既有評註，是誰作的呢？作者自加評註本是小說家的常事；況且有許多評註全是作者自注的口氣，如上文引的第一回「甄」字下注云：

真□後之甄寶玉亦藉此音，後不注。

這豈是別人的口氣嗎？又如第四回門子對賈雨村說的「護官符」口號，每句下皆有詳註，無注便不可懂，今本一律刪去了。今抄脂本原文如下。

上面皆是本地大族名宦之家的諺俗口碑，其口碑排寫得明白，下面皆注著始祖官爵並房次。石頭亦曾照樣抄寫一張。今據石上所抄云：

賈不假，白玉為堂金作馬。（寧國、榮國二公之後，共二十房分，除寧、榮親派八房在都外，現原籍住者十二房。）（適按：二十房，誤作十二房，今依戚本改正。）

阿房宮，三百里，住不下金陵一個史。（保齡侯尚書令史公之後，房分共十八，都中現住者十房，原籍現住八房。）（適按：十八，戚本誤作二十。）

豐年好大雪，珍珠如土金如鐵。（紫微舍人薛公之後，現領內府帑銀行商，共八房分。）

東海缺少白玉床，龍王來請金陵王。（都太尉統制縣伯王公之後，共十二房，都中二房，餘在籍。）（適按：在籍二字誤脫，今據戚本補。）

這四條注都是作者原書所有的，現在都被刪去了。脂本裡，這四條注也都用硃筆寫在夾縫，與別的評註一樣抄寫。我因此疑心這些原有的評註之中，至少有一部分是作者自己作的。又如第一回「無材補天，幻形入世」兩句有評註云：

八字便是作者一生慚恨。

這樣的話當然是作者自己說的。

以上說脂本與戚本同出於一個有評註的原本，而戚本傳抄在後。但因為戚本傳抄在後，《紅樓夢》的底本已經過不少的修改了，故戚本有些地方與脂本不同。有些地方也許是作者自己改削的；但大部分的改動似乎都是旁人斟酌改動的；有些地方似是被抄寫的人有意刪去，或無意抄錯的。

如上文引的全書「凡例」，似是抄書人躲懶刪去的，如翻刻書的人往往刪去序跋以節省刻資，同是一種打算盤的辦法。第一回序例，今本雖儲存了，卻刪去了不少的字，又刪去了那首「字字看來皆是血，十年辛苦不尋常」很好的詩。原本不但有評註，還有許多回有總評，寫在每回正文之前，與這第一回的序例相像，大概也是作者自己作的。還有一些總評寫在每回之後，也是墨筆楷書，但似是評書者加的，不是作者原有的了。現在只有第二回的總評儲存在戚本之內，即戚本第二回前十二行及詩四句是也。此外如第六回、十三回、十四回、十五回、十六回，每回之前皆有總評，戚本皆不曾收入。又第六回、二十五回、二十六回、二十七回、二十八回，每回之後皆有「總批」多條，現在只有四條（廿七回及廿八回後）被收在戚本之內。這種刪削大概是抄書人刪去的。

有些地方似是有意刪削改動的。如第二回說元春與寶玉的年歲，脂本作：

第二胎生了一位小姐，生在大年初一，這就奇了。不想次年又生了一位公子。

戚本便改作了：

不想後來又生了一位公子。

這明是有意改動的了。又戚本第一回寫那位頑石：

一日正當嗟悼之際，俄見一僧一道遠遠而來，生得骨格不凡，豐神迥異，來至石下，席地而坐，長談，見一塊鮮明瑩潔美玉，且又縮成扇墜大小的可佩可拿。那僧託於掌上……

這一段各本大體皆如此；但其實文義不很可通，因為上面明說是頑石，怎麼忽已變成寶玉了？今檢脂本，此段多出四百二十餘字，全被人刪掉了。其文如下：

俄見一僧一道遠遠而來，生得骨格不凡，豐神迥別，說說笑笑，來至峰下，坐於石邊，高談快論。先是說些雲山霧海，神仙玄幻之事，後便說到紅塵中榮華富貴。此石聽了，不覺打動凡心，也想要到人間去享一享這榮華富貴，但自恨粗蠢，不得已，便口吐人言，向那僧道說道：「大師，弟子蠢物，不能見禮了。適問（聞）二位談那人世間榮耀繁華，心切慕之。弟子質雖粗蠢，性卻稍通。況見二師仙形道體，定非凡品，必有補天濟世之材，利物濟人之德。如蒙發一點慈心，攜帶弟子，得入紅塵，在那富貴場中，溫柔鄉里，受享幾年，自當永佩洪恩，萬劫不忘也。」二仙師聽畢，齊憨笑道：「善哉，善哉！那紅塵中有卻有些樂事，但不能永遠依恃。況又有『美中不足，好事多魔』八個字緊相連屬，瞬息間則又樂極悲生，人非物換。究竟是到頭一夢，萬境歸空。到不如不去的好。」這石凡心已熾，那裡聽得進這話去？乃復苦求再四，二仙知不可強制，乃嘆道：「此亦靜極思動，無中生有之數也。既如此，我們便攜你去受享受享。只是到不得意時，切莫後悔。」石道：「自然，自然。」那僧又道：「若說你性靈，卻又如此質蠢，並更無奇貴之處。如此，也只好踮腳而已。也罷，我如今大施佛法，助你〔一〕助。待劫終之日，復還本質，以了此案。你道好否？」石頭聽了，感謝不盡。那僧便唸咒書符，大展幻術，將一塊大石登時變成一塊鮮明瑩潔的美玉，且又縮成扇墜大小的可佩可拿。

這一長段，文章雖有點嚕囌，情節卻不可少。大概後人嫌他稍繁，遂全刪了。

六　脂本的文字勝於各本

我們現在可以承認脂本是《紅樓夢》的最古本，是一部最近於原稿的本子了。在文字上，脂本有無數地方遠勝於一切本子。我試舉幾段作例。

第一例第八回

（1）脂硯齋本

寶玉與寶釵相近，只聞一陣陣涼森森甜絲絲的幽香，竟不知系何香氣。

（2）戚本

寶玉此時與寶釵就近，只聞一陣陣涼森森甜甜的幽香，竟不知是何香氣。

（3）翻王刻諸本（亞東初本）（程甲本）

寶玉此時與寶釵相近，只聞一陣香氣，不知是何氣味。

（4）程乙本（亞東新本）

寶玉此時與寶釵挨肩坐著，只聞一陣陣的香氣，不知何味。

戚本把「甜絲絲」誤抄作「甜甜」，遂不成文。後來各本因為感覺此句有困難，遂索性把形容字都刪去了。高鶚最後定本硬改「相近」為「挨肩坐著」，未免太露相，叫林妹妹見了太難堪！

第二例第八回

（1）脂本

話猶未了，林黛玉已搖搖的走了進來。

（2）戚本

話猶未了，林黛玉已走了進來。

（3）翻王刻本

話猶未了，林黛玉已搖搖擺擺的來了。

（4）程乙本

話猶未完，黛玉已搖搖擺擺的進來。

原文「搖搖的」是形容黛玉的瘦弱病軀。戚本刪了這三字，已是不該的了。高鶚竟改為「搖搖擺擺的」，這竟是形容詹光、單聘仁的醜態了，未免太唐突林妹妹了！

第三例第八回

（1）脂本與戚本

黛玉……一見了（戚本無「了」字）寶玉，便笑道，「噯喲，我來的不巧了！」寶玉等忙起身笑讓坐。寶釵因笑道，「這話怎麼說？」黛玉笑道，「早知他來，我就不來了。」寶釵道，「我更不解這意。」黛玉笑道：「要來時一群都來，要不來一個也不來。今兒他來了，明兒我再來（戚本作「明日我來」），如此間錯開了來著，豈不天天有人來了，也不至於太冷落，也不至於人熱鬧了？姐姐如何反不解這意思？」

（2）翻王刻本

黛玉……一見寶玉，便笑道：「噯呀！我來的不巧了！」寶玉等忙起身讓坐。寶釵因笑道：「這話怎麼說？」黛玉道：「早知他來，我就不來了。」寶釵道：「我不解這意。」黛玉笑道：「要來時，一齊來；要不來，一個也不來。今兒他來，明兒我來，如此間錯開了來，豈不天天有人來了，也不至太冷落，也不至太熱鬧？姐姐如何不解這意思？」

（3）程乙本

黛玉……一見寶玉，便笑道：「哎喲！我來的不巧了！」寶玉等忙起身讓坐。寶釵笑道：「這是怎麼說？」黛玉道：「早知他來，我就不來了。」寶釵道：「這是什麼意思？」黛玉道：「什麼意思呢？來呢，一齊來；不來，一個也不來。今兒他來，明兒我來，間錯開了來，豈不天天有人來呢？也不至太冷落，也不至太熱鬧。姐姐有什麼不解的呢？」

高鶚最後改本刪去了兩個「笑」字，便像林妹妹板起面孔說氣話了。

第四例第八回

（1）脂本

寶玉因見他外面罩著大紅羽緞對衿褂子，因問，「下雪了麼？」地下婆娘們道，

「下了這半日雪珠兒了。」寶玉道，「取了我的斗篷來了不曾？」黛玉便道，「是不是！我來了，你就該去了！」寶玉笑道，「我多早晚說要去了？不過是拿來預備著。」

（2）戚本

……地下婆娘們道，「下了這半日雪珠兒。」寶玉道，「取了我的斗篷來了不曾？」黛玉道，「是不是！我來了，他就講去了！」寶玉笑道，「我多早晚說要去來著？不過拿來預備。」

（3）翻王刻本

……地下婆娘們說：「下了這半日了。」寶玉道：「取了我的斗篷來。」黛玉便笑道：「是不是？我來了，你就該去了！」寶玉道：「我何曾說要去？不過拿來預備著。」

（4）程乙本

……地下老婆們說：「下了這半日了。」寶玉道：「取了我的斗篷來。」黛玉便笑道：「是不是？我來了，他就該走了！」寶玉道：「我何曾說要去？不過拿來預備著。」

戚本首句脫一「了」字，末句脫一「著」字，都似是無心的脫誤。「你就該去了」，戚本改的很不高明，似系誤「該」為「講」，仍是無心的錯誤。「我多早晚說要去了？」這是純粹北京話。戚本改為：「我多早晚說要去來著？」這還是北京話。高本嫌此話太「土」，加上一層翻譯，遂沒有味兒了（「多早晚」是「什麼時候」）。最無道理的是高本改「取了我的斗篷來了不曾」的問話口氣為命令口氣。高本刪「雪珠兒」也無理由。

第五例第八回

（1）脂本與戚本

李嬤嬤因說道，「天又下雪，也好早晚的了，就在這裡同姐姐妹妹一處頑頑罷。」

（2）翻王刻本

天又下雪，也要看早晚的，就在這裡和姐姐妹妹一處頑頑罷。

（3）程乙本

天又下雪，也要看時候兒，就在這裡和姐姐妹妹一處頑頑兒罷。

這裡改的真是太荒謬了。「也好早晚的了」，是北京話，等於說「時候不很早了」。高鶚兩次改動，越改越不通。高鶚是漢軍旗人，應該不至於不懂北京話。看他最後定本說「時候兒」又說「頑頑兒」，竟是杭州老兒打官話兒了！

這幾段都在一回之中，很可以證明脂本的文學的價值遠在各本之上了。

七　從脂本裡推論曹雪芹未完之書

從這個脂本裡的新證據，我們知道了兩件已無可疑的重要事實：

（1）乾隆甲戌（1754），曹雪芹死之前九年，《紅樓夢》至少已有一部分寫定成書，有人「抄閱重評」了。

（2）曹雪芹死在乾隆壬午除夕（1763年2月13日）。我曾疑心甲戌以前的本子沒有八十回之多，也許只有二十八回，也許只有四十回。為什麼呢？因為如果甲戌以前雪芹已成八十回，那麼，從甲戌到壬午，這九年之中雪芹作的是什麼書？難道他沒有繼續此書嗎？如果他續作的書是八十回以後之書，那些書稿又在何處呢？

如果甲戌已有八十回稿本流傳於朋友之間，則他以後十年間續作的稿本必有人傳觀抄閱，不至於完全失散。所以我疑心脂本當甲戌時還沒有八十回。

戚本四十回以下完全沒有評註。這一點使我疑心最初脂硯齋所據有評的原本至多也不過四十回。

高鶚的王子本引言有一條說：

> 如六十七回，此有彼無，題同文異。

平伯曾用戚本校高本，果見此回很大的異同。這一點使我疑心八十回本是陸續寫定的。

但我仔細研究脂本的評註，和戚本所無而脂本獨有的「總評」及「重評」，使我斷定曹雪芹死時他已成的書稿絕不止現行的八十回，雖然脂硯齋說：「壬午除夕，書未成，芹為淚盡而逝。」但已成的殘稿確然不止這八十回書。我且舉幾條證據看看。

（1）史湘雲的結局，最使人猜疑。第三十一回目「因麒麟伏白首雙星」一句話引起了無數的猜測。平伯檢得戚本第三十一回有總評云：

> 後數十回，若蘭在射圃所佩之麒麟，正此麒麟也。提綱伏於此回中，所謂草蛇灰線在千里之外。

平伯誤認此為「後三十回的《紅樓夢》」的一部分，他又猜想：

> 在佚本上，湘雲夫名若蘭，也有個金麒麟，或即是寶玉所失，湘雲拾得的那個麒麟，在射圃裡佩著。（《紅樓夢辨》，下，頁二四）

但我現在替他尋得了一條新材料。脂本第二十六回有總評云：

> 前回倪二、紫英、湘蓮、玉菡四樣俠文，皆得傳真寫照之筆。惜衛若蘭射圃文字迷失無稿，嘆嘆！

雪芹殘稿中有「衛若蘭射圃」一段文字，寫的是一種「俠文」，又有「佩麒麟」的事。若蘭姓衛，後來做湘雲的丈夫，故有「伏白首雙星」的話。

（2）襲人與蔣琪官的結局也在殘稿之內。脂本與戚本第二十八回後都有總評云：

> 茜香羅，紅麝串，寫於一回。棋官（戚本作「蓋琪官」，脂本一律作棋官）雖系優人，後回與襲人供奉玉兄、寶卿，得同終始者，非泛泛之文也。

平伯也誤認這是指「後三十回」佚本。這也是雪芹殘稿之一部分。大概後來襲人嫁琪官之後，他們夫婦依舊「供奉玉兄、寶卿，得同終始」。高鶚續書大失雪芹本意。

（3）小紅的結局，雪芹也有成稿。脂本第二十七回總評云：

> 鳳姐用小紅，可知晴雯等埋沒其人久矣，無怪有私心私情。且紅玉後有寶玉大得力處，此於千里外伏線也。

二十六回小紅與佳蕙對話一段有朱評云：

> 紅玉一腔委曲怨憤，系身在怡紅，不能遂志，看官勿錯認為藝兒害相思也。獄神廟紅玉、茜雪一大回文字，惜迷失無稿。

又二十七回鳳姐要紅玉跟她去，紅玉表示情願。有夾縫朱評云：

> 且系本心本意。獄神廟回內方見。

獄神廟一回，究竟不知如何寫法。但可見雪芹曾有此「一大回文字」。高鶚續書中全不提及小紅，遂把雪芹極力描寫的一個大人物完全埋沒了。

（4）惜春的結局，雪芹似也有成文。第七回裡，惜春對周瑞家的笑道：

> 我這裡正和智慧兒說，我明兒也剃了頭，同他作姑子去呢。

有朱評云：

間間筆，卻將後半部線索提動。

這可見評者知道雪芹「後半部」的內容。

（5）殘稿中還有「誤竊玉」的一回文字。第八回，寶玉醉了睡下，襲人摘下通靈玉來，用手帕包好，塞在褥下。這一段後有夾評云：

交代清楚。塞玉一段又為「誤竊」一回伏線。

誤竊寶玉的事，今本無有，當是殘稿中的一部分。

從這些證據裡，我們可以知道雪芹在壬午以前，陸續作成的《紅樓夢》稿子絕不止八十回，可惜這些殘稿都「迷失」了。脂硯齋大概曾見過這些殘稿，但別人見過此稿的大概不多了，雪芹死後遂完全散失了。

《紅樓夢》是「未成」之書，脂硯齋已說過了。他在二十五回寶玉病癒時，有朱評云：

嘆不得見玉兄懸崖撒手文字為恨。

戚本二十一回寶玉續《莊子》之前也有夾評云：

寶玉之情，今古無人可比，固矣。然寶玉有情極之毒，亦世人莫忍為者。看至後半部則洞明矣。……寶玉看此為世人莫忍為之毒，故後文方有「懸崖撒手」一回。若他人得寶釵之妻，麝月之婢，豈能棄而為僧哉？

脂本無廿一回，故我們不知道脂本有無此評。但看此評的口氣，似也是原底本所有。如此條是兩本所同有，那麼，雪芹在早年便已有了全書的大綱，也許已「纂成目錄」了。寶玉後來有「懸崖撒手」「為僧」的一幕，但脂硯齋明說「嘆不得見」這一回文字，大概雪芹只有此一回目，尚未有書。

以上推測雪芹的殘稿的幾段，讀者可參看平伯《紅樓夢辨》裡論「後三十回的《紅樓夢》」一長篇。平伯所假定的「後三十回」佚本是沒有的。平伯的錯誤在於認戚本的「眉評」為原有的評註，而不知戚本所有的「眉評」是狄楚青先生所加，評中提及他的「筆記」，可以為證。平伯所猜想的佚本其實是曹雪芹自己的殘稿本，可惜他和我都見不著此本了！

1928，2，12—16

（原載1928年3月10日《新月》第1卷第1號）

《永憲錄》裡與《紅樓夢》故事有關的事

（一）胡鳳翬妻年氏與肅敏貴妃年氏

《永憲錄》卷四，雍正四年丙午，春二月：

督理蘇州織造兼監滸墅關稅胡鳳翠革職，與妻年氏，妾盧氏雉經死。鳳翬前為宜興令，巡撫張伯行大計罷之。上即位，特起內務府郎中。妻與溫肅皇貴妃（溫肅卷三作肅敏。按《愛新覺羅宗譜》所載為「敦肅皇貴妃年氏」，是則既非「溫肅」，亦非「肅敏」）為姊妹。至是飭回京，懼罪死。

四年九月：

江蘇巡撫張楷奉召至京，綁赴刑部。

上諭：……張楷……大奸大詐，不知君父之義，……荒唐悖謬，其心不可測。著將張楷鎖拿。各項情節發與九卿審擬具奏。

冬十二月：

張楷罪斬。赦免。籍其父兄子侄入怡親王辛者庫。

楷所犯七罪：……一、縱容胡鳳翬自縊身故。……一、奉旨馳陽，乃乘轎徐行。一、侵用官稅二萬兩。一、奏章紙色沾染，改變面頁僵綸。以大不敬，擬斬立決。十三年，今上登極復官。乾隆六年巡撫安徽。

「縱容胡鳳翬自縊」是張楷七大罪之一！

蘇州織造胡鳳翬之妻年氏「與溫肅皇貴妃為姊妹」。這一對年家姊妹都是年遐齡的女兒，年羹堯的姊妹。《永憲錄》卷三，雍正三年九月：

逮年羹堯至京。

上遣議政大臣，內監，中書等至杭，會署將軍誠親王長史兼副都統鄂密達，署巡撫……傅敏至年羹堯家。上鏈反綁，訊問口供，封貯資財。械羹堯子五人及年壽家人王德……等赴京。

十　月乙未朔：

上駐蹕圓明園。

丁酉，上次鑾進宮。貴妃年氏以不懌留圓明園。

年羹堯械繫至京。

上諭大學士九卿，將關係年羹堯一切事件詳行檢視，問寫問話，交與提督阿齊圖訊問。……

年羹堯圈在允　空府。年壽交刑部。其家口令希堯給與飲食。聞國法圈禁有數等：有以地圈者，高牆固之。有以屋圈者，一室之外，不能移步。有坐圈者，接膝而坐，莫能舉足。有立圈者，四圍並肩而立，更番迭換，罪人居中，不數日，委頓不支矣。又重罪頸、手、足上九條鐵鏈，即不看守，亦寸步難前也。

壬子，冬至，上祀天於圜丘。

上幸圓明園。

丙辰，貴妃年氏薨於圓明園，詔追冊為皇貴妃。

賜皇貴妃年氏謚肅敏。

辛酉，葬肅敏皇貴妃。

……按肅敏未知誕於何族。一云遐齡之撫女。

十二月甲子朔：

癸酉……議政大臣等審術士鄒魯與年羹堯謀逆情實擬罪。（印本二四四至二四八）

議政大臣等臚列年羹堯九十二大罪，請誅大逆以正國法。（印本二四八至二五三）

……大逆之罪五，欺罔之罪九，僭越之罪十六，狂悖之罪十三，專擅之罪六，貪黷之罪十八，侵蝕之罪十五，忌刻之罪四。……

賜年羹堯自盡。斬年富、鄒魯於市。餘從寬戍免有差。

看年羹堯案與年妃的關係，可知年妃是自殺的，或是被雍正逼死的；又可知胡鳳翬與其妻年氏也是死在年案裡的。張楷「縱容胡鳳翬（夫婦）自縊」，當然是大罪了。

胡鳳翬死在雍正四年二月。有《永憲錄》所記，可知他以內務府郎中出任蘇州織造，是在「上即位」的時期，即是在康熙六十一年，或雍正元年。那時胡鳳翬是接李煦的任的。

（二）李煦

卷四，雍正四年二月：

和碩康親王衙安等疏廉親王允祀不孝不忠諸罪。命寬免其死。告祭太廟，廢允祀、允禟為庶人。

令庶人允祀妻自盡，仍散骨以伏其辜。散骨謂揚灰也。

三月：

宗人府請於玉牒除允祀、允禟，吳爾詹子孫世系，更名隸各旗佐領下。

發庶人允祀歸正藍旗卓鼐佐領下。改允祀名阿其那，弘旺（允祀子）名菩（一作）薩保。

四月：

治結黨罪，革郡王允禵爵。改庶人允禟名塞思黑。

五月：

甲辰……暴阿其那、塞思黑等惡跡，須示中外（看二八〇至二八一查弼納供詞。又二八一至二八四，須示中外之文）。

九月：

塞思黑死於保定。阿其那死於監所。

《永憲錄》續編，雍正五年丁未，春三月：

原蘇州織造削籍李煦饋阿其那侍婢事覺，再下詔獄。辭連故江督赫壽，並逮其子寧保。

此條可見李煦到雍正五年（1727）還活著，又可見他早已「削籍」了，又下過獄了，故此次是「再下詔獄」。

阿其那即是允禩。塞思黑是允禟。滿洲語，阿其那是雜種狗，塞思黑是豬。李煦第一次「削籍」，「下獄」，可能還被抄家，大概是完全為了虧空（看我的《紅樓夢考證》引的《雍正硃批諭旨》第四十八冊雍正元年胡鳳翬奏摺，及第十三冊謝賜履奏摺）。當時（雍正元年）允禩封廉親王，同怡親王及隆科多、馬齊「總理事務」；允禩兼掌工部，表面上正是最威風的時候。

但李煦第二次（雍正五年）的「再下詔獄」，則是完全為了「饋允禩侍婢」的事。《永憲錄》沒有記此次獄事的下場，但那下場是可以推想而知的了。

(三) 曹頫①

①原告未寫完，下缺。

（收入《胡適手稿》第九集）

清聖祖的保母不止曹寅母一人

《永憲錄》續編（排印本三九〇）記雍正五年十二月，「督理江寧、杭州織造曹頫、孫文成並罷」條下說：

（曹）頫之祖□□（當作「曹璽」）與伯寅相繼為織造將四十年。寅字子清，號荔軒，奉天旗人，有詩才，頗擅風雅。母為聖祖保母，二女皆為王妃。及卒，子顒嗣其職。顒又卒，令頫補其缺，以養兩世孀婦。因虧空罷任。封其家資，止銀數兩，錢數千，質票值千金而已，上聞之惻然。

曹寅的「母為聖祖保母」，止見於《永憲錄》。《永憲錄》卷四（三〇四至三〇七）查嗣庭「大逆不道罪」條下，附記兩江總督噶禮的事，有小注云：

禮之母，聖祖保母也。……

此可見清聖祖的保母不止一個人。

又曹寅「二女為王妃」，其中一女是平郡王納爾蘇之妃，是可考的。房兆楹先生查《愛新覺羅宗譜》（本院近代史所藏）乙冊三二〇七——八代善下第六代：

納爾蘇

1690（康二九）九月十一生。

1701（康四〇）十月襲平郡王。

1726（雍四）七月因罪革退王爵。

1740（乾五）庚申九月五日死，照郡王品級殯葬。

嫡福晉曹佳氏，通政使曹寅女。

又第七代，納爾蘇七子：

長子平敏郡王福彭

1708（康四七）六月廿六日生

母曹佳氏，曹寅女。

1726（雍四）七月　襲平郡王

1732（雍十）　管廂藍滿都統

又閏五月　宗人府右宗正

1733（雍十一）　玉牒館總裁

又四月　軍機處行走

八月　定邊大將軍

1735（雍十三）十一月　協辦總理事務

1736（乾一）　正白滿（都統）

1737（乾二）　修盛京三陵

閏九月　滿火器營

十月　調正黃滿（都統）

1738（乾三）七月　擢任議政

1748（乾十三）十一月十三日　卒，年四十一

納爾蘇七子之中，曹佳氏出者尚有：

四子，固山貝子品級福秀

1710（康四九）閏七月廿六日生

1730 二月　三等侍衛

1741 七月　因病告退

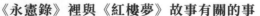

1755 七月　卒，年四十六
六子福靖，三等侍衛，奉國將軍
1715（康五）九月生
1759 四月死，年四十五
七子福端，
1717（康五六）七月生
1730 八月死，年十四
餘三子皆庶出。

曹寅的外孫福彭得大位，掌大權，可以算是曹家的一個「外護」。福彭死後，曹家就沒有可以保護他們的力量了。

（收入《胡適手稿》第九集）

所謂「曹雪芹小像」的謎

近年大陸上出版的一些有關《紅樓夢》的書裡，往往提到一幅所謂「曹雪芹小照」，有時竟印出那個小照的照片，題作「乾隆間王岡繪曹霑（雪芹）小像」。這是一件很有問題的文學史料，所以我要寫出我所知道的這幅圖畫的故事。

最早相信這個「小照」的，似是《紅樓夢新證》的作者周汝昌。周君未見「小照」，他只相信陶心如在民國三十八年對他說的一段很離奇的報告。陶君說他民國廿二年在一個人家看見一件「曹雪芹行樂圖」，是一條直幅；到民國廿四年他又在一個李君家看見一個橫幅手卷，畫的正是曹雪芹，上方題云「壬午三月」……幅後有二同時人之題句，其餘皆不能復憶。再後則有葉恭綽大段跋語。……周汝昌深信此說，故他的《新證》第六章《史料編年》在乾隆二十七年，有這一幅記載：

一七六二乾隆二十七年壬午

曹霑三十九歲

三月，繪小照。（《新證》頁四三二至四三三）

周汝昌的《紅樓夢新證》是一九五三年出版的，這是最早受欺的一個人。

一九五五年四月，大陸上有個「文學古籍刊行社」把燕京大學圖書館的徐星署家原藏而後歸王克敏收藏的《脂硯齋重評石頭記庚辰四閱評過》本，用朱墨兩色影印出來了。

這個影印本《脂硯齋重評石頭記》第一冊的目錄之前，有影印的一幅所謂曹雪芹小像，畫著一個有微鬚的胖胖的人，坐在竹林外邊的石頭上。畫是橫幅，下面有鉛字一行：

乾隆間王岡繪曹霑（雪芹）小像（一名幽篁圖）

此本前面有「文學古籍刊行社編輯部」的「出版說明」十一行，但沒有一字提及這幅所謂「曹小像」的來歷。

這是第二批受欺的一群人。

一九五八年一月，大陸上有個「古典文學出版社」出版了一本吳恩裕的《有關曹雪芹八種》。此書就把那幅所謂「曹雪芹小像」用綠色影印做封面。吳恩裕此書的第八篇是《考稗小記》三十六頁。第一條記的就是這幅所謂「曹雪芹小像」的來歷，我摘錄在這裡：

一九五四年六月十六日人民文學出版社某君抄寄《曹雪芹畫像照片附識》云：

此圖右下角款云：「旅雲王岡寫」。小印二方，朱文「岡」，「南石」。圖為上海李祖涵氏舊藏，曾刊於《美術週刊》。李氏有題語，略云：「王南石名岡，南匯人，黃本復弟子，乾隆庚寅卒。」見《畫史匯傳》。象後題詠有皇八子（有「宜園」印）、錢大昕、倪承寬、那穆齊禮、錢載、觀保、蔡以台、謝墉等題。

案《美術週刊》出版處及期號俱不詳。此項題語乃李氏致函某氏所自述者。又藏者致某氏函云：

乾隆題者八人中，其一上款署「雪琴」，其七上款署「雪芹」。

裕案：又有人云：左上方有「壬午春三月」數字。……據云，乾隆時題詩者遠不止此八人。……一九五五年，張國淦先生曾為余函李祖涵，索錄題詩，李曾復允，唯終未見寄。一九五六年，張國淦先生又轉請翁文灝商於李，亦卒無訊息。此一文學巨人之重要數據，遂不可得。（頁八七至八八）

後面又有吳君略考題詠諸人的事跡。他在謝墉一條下很武斷地說：

謝墉字崑成，浙江嘉善人。乾隆二十七年，曾為雪芹畫像題句。（頁八九）

吳君在別處（頁七七至七八）又說：

據我關於「虎門」的考證，可知曹雪芹和敦誠、敦敏兄弟的結識是在所謂「虎門」，就是北京宣武門內絨線衚衕的右翼宗學……大約是乾隆九年……直到乾隆十九年……這一段期間之內，在這一時期中，後來乾隆二十七年為曹雪芹題象的觀保正做內閣學士兼管國子監務，錢大昕和倪承寬都於乾隆十九年中進士，謝墉和錢載則是十七年中的進士，那穆齊禮和蔡以台是二十二年的進士。他們題雪芹象，上款都稱「兄」。

吳恩裕沒有看見那幅畫的許多題詠，就相信這些名人題詠的真是曹雪芹的小像，並且「上款都稱兄」，並且都在曹雪芹死的那一年——乾隆二十七年壬午！

吳君引的李祖涵題語裡說的題畫像的八人之中，有一位「皇八子」，那就是清高宗的第八個兒子儀郡王（後為儀親王）永璇，生於乾隆十一年丙寅，當乾隆二十七年，永璇還只有十七歲。難道他題「曹雪芹小像」，上款也稱「兄」嗎！

吳君很老實地說他曾託張國淦寫信給李祖涵請他抄寄這幅畫像上的許多名人題詠。後來張國淦又轉託翁文灝寫信給李君，但李君始終不曾抄寄這些題詠。

可憐這些富於信心的人們，他們何不想想收藏這幅畫像的李祖涵君（應作「祖韓」，不應作「祖涵」）為什麼始終不肯抄寄那許多乾隆朝名人的題詠呢？

吳恩裕、俞平伯、張國淦諸君是第三批受欺的一群人。

以上略述大陸上研究《紅樓夢》的人們相信這幅所謂「曹雪芹小像」的情形。

現在我要說明這幅小像的真相。

（一）這幅畫上畫的人，別號「雪芹」，又稱「雪琴」。但別無證件可以證明他姓曹。

（二）收藏此畫的人是寧波李祖韓，他買得此畫在三十多年前。

（三）在三十年前，我見此畫時，那個很長的手卷上還儲存著許多乾隆時代的名人的題詠。吳恩裕引李祖韓說的題詠的八人是：

皇八子（有「宜園」印），即儀郡王永璇。

錢大昕，江蘇嘉定人。

倪承寬，浙江仁和人。

那穆齊禮，鑲紅旗滿洲人。

錢載，浙江秀水人。

觀保，正白旗滿洲人。

蔡以台，浙江嘉善人。
謝墉，浙江嘉善人。
這八人之外，還有別人的題詠，我現在記得的，好像還有這兩人：
陳兆侖，浙江錢塘人。
秦大士，江蘇江寧人（乾隆十七年狀元）。
（四）我在三十年前看了這些題詠，就對此畫的主人李祖韓君說：「畫中的人號雪芹，但不是曹雪芹。他大概是一位翰林前輩，可能還是『上書房』的皇子師傅，所以這畫有皇八子的題詠，並且有『上書房』先後做過皇子師傅的名翰林如陳句山（兆侖）、錢蘀石（載）、錢曉徵（大昕）諸人的題詠。題詠的人多數是浙江、江蘇的名人，很可能此公也是江浙人。總而言之，這位掇高科、享清福的翰林公，絕不是那位『風塵碌碌，一事無成』，晚年過那『蓬牖茅椽，繩床瓦竈』生活的《紅樓夢》作者。」

最後，我要追記我在三十多年前親自看見這幅小像的故事。我的日記不在手邊，我記不得正確的年月了。只記得那年（民國十八年？）教育部在上海開了一個書畫展覽會，郭有守君邀我去參觀。我走了展覽會的一部分，遇著李祖韓君，他喊道：「適之，你來看曹雪芹的小照！」

我當然很高興地走過去。祖韓讓我開啟整個手卷，仔細看了卷上的許多乾隆時代名人的題詠。那些題詠的口氣都是稱讚一位翰林前輩的話。皇八子的題詠更是絕對不像題一個窮愁潦倒的文人的小照的話。錢大昕、錢載、陳兆侖幾位大名士的手筆當然更引起了我的注意。

我看了那些題詠，我毫不遲疑地告訴李祖韓君：畫上的人別號雪芹，又稱雪琴，但不姓曹。這個人大概是一位翰林先生，大概還做過「上書房」的皇子師傅。那些題詠，沒有一篇可以叫我們相信題詠的對象是那位「於今環堵蓬蒿屯」，在貧病中發憤寫小說賣錢過活的曹雪芹。

李祖韓君聽了我的話，當然很失望。一個收藏古董的人往往不肯輕易承認他上了當，買錯了某件書畫。何況收藏得《紅樓夢》作者曹雪芹的遺像是多麼有趣味的一件雅事！是多麼可喜的一件韻事！所以我們很可以瞭解李君為什麼至今不願意完全拋棄這個曹雪芹的小像，為什麼不肯輕易接受我在三十年前就認為毫無可疑的看法。我們也可以瞭解為什麼這三十年裡還時常有人看見那幅所謂「曹雪芹小像」的照片。

在三十年前，我還寄住在上海時，葉恭綽君就曾寄一張「曹雪芹小像」的照片給我。他曾蒐集許多清代學人的遺像，編作《清代學者象傳》，第一集早已印行了，他還想蒐集第二集，所以他注意到李祖韓藏的「曹雪芹小像」。我曾把我的意見告訴葉君。

愛讀《紅樓夢》的人當然都想看看賈寶玉是個什麼樣子。如果賈寶玉是作者曹雪芹自己的影子，那就怪不得《紅樓夢》的讀者都想看看曹雪芹的小照是個什麼樣子了。這種心情正是李祖韓捨不得否認那幅小照的心理背景，也正是周汝昌、吳恩裕那麼容易接受那幅小像的心理背景。

我回想三十年前初次看見那個手卷的時候，我就不記得曾看見那幅畫上有「旅雲王岡寫」的一行題字，也不記得畫上有王岡的兩個圖章。我也沒有看見那畫上還有「壬午春三月」一行字。三十年前葉恭綽君寫信給我，也沒有提到那兩行字和兩個印章。

我至今相信李祖韓君不是存心作偽的人。很可能是他和他的朋友們只把這幅小照看作一件有趣味的小玩意兒，不妨你來添上一行畫家王岡的題名，他來添上兩顆小印章；你又記得曹雪芹死在「壬午除夕」，也不妨在畫上添上「壬午春三月」五個字——豈不更有趣味嗎？豈不更好玩嗎？這樣添花添葉的一幅「乾隆間王岡繪曹霑

（雪芹）小像」的照片多張，不妨在幾個朋友手裡留著玩玩，就這樣流傳出去了。

我至今懊悔我在三十年前沒有請祖韓把全卷的題詠都抄一份給我做從容考證的材料。我現在寫這篇回憶，並沒有責怪祖韓的意思。我只要指出，祖韓至今不肯發表那些題詠的墨跡與內容，這就等於埋沒可供考證的數據，這就等於有心作偽了。所以我希望在不遠的將來，祖韓能把那個手卷上許多乾隆名士的題詠全部印出來，讓大家有個機會可以平心評判他們題詠的對象是不是《紅樓夢》的作者曹雪芹。

1960年11月22日

（原載1961年1月《海外論壇》月刊第2卷第1期，又載1961年4月15日臺北《新時代》第1卷第4期）

康熙朝的杭州織造

《掌故叢編》二十九期有蘇州織造李煦密摺二十件，其康熙四十年三月一折云：

> ……去年十一月內奉旨，三處織造會議一人往東洋去，欽此欽遵。……今年正月傳集江寧織造臣曹寅，杭州織造臣敖福合，公同會議得杭州織造烏林達莫爾森可以去得，令他前往。但出洋例候風信，於五月內方可開船。現在料理船隻，以便至期起行。

又六月折云：

> ……臣煦等恐從寧波出海商船頗多，似有招搖，議從上海出去，隱蔽為便。莫爾森於五月二十八日自杭至蘇，六月初四日在上海開船前往矣。

又十月折云：

> ……莫爾森於十月初六日回至寧波，十一日至杭州，十五日至蘇州，十六日即從蘇州起行進京。

這三折可見當時中國與日本之間的商船往來的便利，又可見蘇、杭兩織造兼營對外國的商業貿易。《紅樓夢》十六回鳳姐說：

我們王府裡也預備過（接駕）一次。那時我爺爺專管各國進貢朝賀的事，凡有外國人來，都是我們家養活，粵、閩、滇、浙所有的洋船貨物都是我們家的。

趙嬤嬤道：

那是誰不知道的？如今還有個俗語兒呢，說，「東海少了白玉床，龍王來請金陵王」。這說的就是奶奶府上了。

這些話不是沒有歷史背景的。乾隆元年刻成的《浙江通志》（民國廿三年商務影印光緒廿五年浙江官書局重刊本）一百廿一，織造府的織官表如下：

金遇知　康熙八年任
敖福合　康熙卅一年任
孫文成　康熙四十五年任
李秉忠　雍正六年任
許夢閎　雍正六年任

隆昇　雍正九年任

《通志》不記此諸人之籍貫資歷。孫文成可能也是曹寅家的親戚，《永憲錄》說曹寅的母親孫氏是康熙帝的保母。康熙帝三十八年南巡：

駐蹕金陵尚衣署中，時內部郎中臣曹寅之母封一品夫人，孫氏叩顙墀下，兼得候皇太后起居，問其年已六十有八，衷宸益加欣悅，遂書「萱瑞堂」以賜之。（毛際可《安序堂文抄》十七，《萱瑞堂記》）

馮景也有記文：

……康熙己卯夏四月，皇帝南巡迴馭，止蹕於江寧織造臣曹寅之府。寅紹父官，實維親臣、世臣，故奉其壽母孫氏朝謁。上見之，色喜，且勞之曰，「此吾家老人也。」賞賚甚厚……遂御書「萱瑞堂」三大字以賜。（《解舂集文抄》四，《萱瑞堂記》。）

以上兩件，均引見周汝昌《新證》頁三一七至三一九。

《永憲錄》說曹寅母為聖祖保母，似不是沒有根據的話。孫文成可能是孫氏的一家？曹寅康熙四十五年七月初一折云：「蒙聖旨令臣孫文成傳諭臣曹寅：三處織造視同一體，須要和氣。若有一人行事不端，兩個人說他，改過便罷；若不悛改，就會參他。不可學敖福合妄為。欽此。……臣寅……謹記訓旨，刻不敢忘。從前三處委實參差不齊，難逃天鑑。今蒙訓旨，臣等雖即草木昆蟲，亦知仰感聖化。況孫文成系臣在庫上時曾經保舉，實知其人，自然精白乃心，共襄公事……」（《文獻叢編》第十輯）此折未說孫文成是曹寅的親戚，止說「系臣在庫上時曾經保舉，實知其人」。

當再查《浙江通志》，看看敖福合的事，看他如何「妄為」。

1961，5，21夜

【後記】

《浙江通志》五二，《水利》，杭州府「城內河」：

大河舊為鹽橋運河，小河舊為市河。……西河舊為清湖河，東運河舊為菜市河。……康熙廿三年錢塘裘炳泓具呈請開城河，有「城內河道日就淤塞，殆三百餘年矣」之語。廿四年巡撫趙士麟力行開濬，自起工至迄工，僅六月。邵遠平有《浚河記》，記趙公開河的成績：「其已塞而全疏者……凡十二里，以丈計者一千四百四十有奇。其流淺而浚者，凡二十五里，以丈計者三千一百有奇，黃白金以兩計者凡二萬有餘，役以工計者凡二十餘萬。……使三百年久湮之美利一旦盡復，而吾杭人如鯁得吐，如痺得仁，欣然有樂生之漸！」

此下記織造孫文成開河事：

（康熙）四十四年，織造孫文成議闢湧金水門，引水入城，自溜水橋開河，廣五尺，深八尺，至三橋，折而南，又轉東至府前，以備聖駕南巡御舟出入焉。

又卷三十，公署一：

織造府在太平坊。……國朝撤中官而掌以內務府官，織造御用袍服。順治四年，督理杭蘇織造工部侍郎陳有明重修。

注引陳有明《織造府碑記》：

織造有東西兩府。東府為駐紮之地，西府則專設機張。西府圮壞過多，悉為整理。……復於東府，自堂簾臥室之側，悉置匠作，以供織挽。荒蕪整頓，煥然一新。

此後敘孫文成捐修東府事：

康熙四十五年，織造孫文成捐修東府，預備聖祖南巡駐蹕，繪圖勒石焉。復於大門之外購買民地，開濬城河，以達湧金門。大門內為儀門，為通道，為大堂。……後有二堂。堂後為宅門，為衙堂，為內宅門，為住房，為大庫。府之外，復有織染、總織、西府三局。年久傾圮，雍正八年織造許夢閎捐資重葺。

合看兩卷所記，似孫文成開城河水入城「至府前」是到織造府前。

1961，5，23

《浙江通志》卷一百廿一職官十一：

織造府（排在總督，巡撫都察院，提督學政，巡按御史，巡鹽御史之下；而在北關、南關監督，海關監督，布政使，按察使之上！）

哈　士　康熙元年任

桑　格　康熙二年任

常　明　康熙三年任

金遇知　康熙八年任
敖福合　康熙卅一年任
孫文成　康熙四十五年任
李秉忠　雍正六年任
許夢閎　雍正六年任七年兼管理北南關監督
隆　昇　雍正九年任九年兼管理北南關監督

（收入《胡適手稿》第九集）

附・關於《紅樓夢》的序跋和題記九篇

跋乾隆庚辰本《脂硯齋重評石頭記》抄本

我在民國十六年買得大興劉銓福家舊藏《脂硯齋重評石頭記》殘本十六回（一至八，十三至十六，二十五至二十八回），我曾作長文（《考證〈紅樓夢〉的新材料》，《胡適文存三集》，頁五六五至六〇六）考證那本子的價值，並且用那本子上的評語做證據，考出了一些關於曹雪芹和《紅樓夢》的事實。

今年在北平得見徐星署先生所藏的《脂硯齋重評石頭記》全部，凡八冊。我曾用我的殘本對勘了一部分，並且細檢全書的評語，覺得這本子確是一個很值得研究的本子。

此本每半頁十行，每行三十字，每冊十回，但第二冊第十七回即今本第十七、十八兩回，首頁有批云：「此回宜分二回方妥。」第十九回另頁抄寫，但無回目。又第七冊缺兩回，首頁題云：「內缺六十四、六十七兩回。」按高鶚作百二十回《紅樓夢》「引言」中說：

> 是書沿傳既久，坊間繕本及諸家祕稿繁簡歧出，前後錯見。即如六十七回此有彼無，題同文異，燕石莫辨。茲唯擇其情理較協者，取為定本。

此可見此本正是當日缺六十七回之一個本子。

可見此本應在高鶚所見各本之前。有正書局本已不缺此兩回，當更在後了。

又第三冊二十二回只到惜春的謎詩為止，其下全闕。上有硃批云：

此後破失，俟再補。

其下為空白一頁，次頁上有這些記錄：

暫記寶釵制謎云：

朝罷誰攜兩袖煙，琴邊衾裡總無緣。

曉籌不用雞人報，五夜無煩侍女添。

焦首朝朝還暮暮，煎心日日復年年。

光陰荏苒須當惜，風雨陰晴任變遷。

此回未成而芹逝矣。嘆嘆。

丁亥夏　畸笏叟。

有正本此回稍有補作，用了此詩做寶釵制的謎，已是改本了。今本皆根據高鶚本，刪去惜春之謎，又把此詩改作黛玉的，另增入寶玉一謎，寶釵一謎，這是更晚的改補本了。

此本每冊首頁皆有「脂硯齋凡四閱評過」一行；第五冊以下，每冊首頁皆有「庚辰秋定本」一行。庚辰是乾隆二十五年（1760）。八冊之中，只有第二、三冊有硃筆批語，其中有九十三條批語是有年月的：

己卯冬（乾隆二四，1759）二十四條

壬午（乾隆二七，1762）四十二條

乙酉（乾隆三十，1765）一條

丁亥（乾隆三二，1767）二十六條

這些批語不是原有的，是從另一個本子上抄過來的。中如「壬午」抄成了「王文」，可見轉抄的痕跡。不但批語是轉抄的，這本子也只是當時許多「坊間繕本」之一，錯字很多，最荒謬者如「真」寫成「十六」。但依二十二回及六十四，六十七回的闕文看來，此本的底本大概是一部「庚辰秋定本」，其時《紅樓夢》的稿本有如下的狀況：

一、二十二回未寫完。

二、六十四，六十七，兩回未寫成。

三、十七與十八兩回未分開。

四、十九回尚未有回目。八十回也未有回目。

寫者又從另一本上過錄了許多硃筆批語，最早的有乾隆己卯（1759）的批語，是在庚辰（1760）寫定本之前；其次有壬午年（1762）批語，其時作者曹雪芹還生存，他死在壬午除夕。其餘乙酉（1765）丁亥（1767）的批語，都是雪芹死後批的了。

故我們可以說此本是乾隆庚辰秋寫定本的過錄本，其第二、三兩冊又轉錄有乾隆己卯至丁亥的批語。這是此本的性質。

和現在所知的《紅樓夢》本子相比，有如下表：

（1）過錄甲戌（1754）脂硯齋評本。（胡適藏）

（2）過錄庚辰秋（1760）脂硯齋四閱評本。（即此本）

（3）有正書局石印戚蓼生序本。（八十回皆已補全，其寫定年代當更晚。）

（4）乾隆辛亥（1791）活字本。（百二十回本，我叫他做「程甲本」。）

（5）乾隆壬子（1792）活字本。（「程乙本」）

我的甲戌本與此本有許多不同之點，如第一回之前的「凡例」，此本全無；如「凡例」後的七言律詩，此本亦無；如第一回寫頑石一段，甲戌本多四百二十餘字，此本全無，與有正石印戚本全同。此本與戚本最相近，但戚本已有補足的部分，故知此本的底本出於戚本之前，除甲戌本外，此本在今日可算最古本了。

甲戌本也是過錄之本，其底本寫於「庚辰秋定本」之前六年，尚可以考見寫定之前的稿本狀況，故最可寶貴。甲戌本所錄批語，其年代有「甲午八月」（1774），又在此本最晚的批語（丁亥）之後七年，其中有很重要的追憶，使我們因此知道曹雪芹死在壬午除夕，知道《紅樓夢》所記本事確指曹家，知道原本十三回「秦可卿淫喪天香樓」的故事，知道八十回外此書尚有一些已成的殘稿（看《胡適文存三集》頁五六五至六〇六；或《胡適文選》頁四二八至四七〇）。

但此本的批語裡也有極重要的材料，可以幫助我們考證《紅樓夢》的掌故。此本的批語有本文的雙行小字夾評，有每回卷首和卷尾的總評，有硃筆的行間夾評，有硃筆的眉批，有墨筆的眉批。墨筆的眉批簽名「鑑堂」及「澹園」，大概是後來收藏者的批語，無可供考證的材料。硃筆眉批簽名的共有四人：脂硯、梅溪、松齋、畸笏（或作畸笏叟，亦作畸笏老人）。畸笏批的最多，松齋有兩條，其餘二人各有一條。

梅溪與松齋所批與甲戌本所錄相同。脂硯簽名的一條批在第二十四回倪二醉遇賈藝一段上：

這一節對《水滸》記楊志賣刀遇沒毛大蟲一回看，覺好看多矣。

己未冬夜脂硯。

我從前曾說脂硯齋是「同雪芹很親近的，同雪芹弟兄都很相熟；我並且疑心他是雪芹同族的親屬」。我又說，「脂硯齋大概是雪芹的嫡堂弟兄或從堂弟兄——也許是曹顒或曹頎的兒子。松齋似是他的表字，脂硯齋是他的別號」。現在我看了此本，我相信脂硯齋即是那位愛吃胭脂的寶玉，即是曹雪芹自己。此本第二十二回記寶釵生日，鳳姐點戲，上有硃批云：

鳳姐點戲，脂硯執筆事，今知者聊聊（寥）矣。不怨夫！（按，末句大概當作「寧不悲夫！」）

此下又另行批云：

前批書（按，似是「知」字之誤）者聊聊（寥），今丁亥夏，只剩朽物一枚，寧不痛乎！

丁亥（1767）的批語凡二十六條，其中二十四條皆署名「畸笏」，此二條大概也是畸笏批的。鳳姐不識字，故點戲時須別人執筆；本回雖不曾明說是寶玉執筆，而寶玉的資格最合。所以這兩條批語使我們可以推測脂硯齋即是《紅樓夢》的主人，也即是他的作者曹雪芹。本書第一回本來說此書是空空道人記的：「後因曹雪芹於悼紅軒中披閱十載，增刪五次，纂成目錄，分出章回，則題曰《金陵十二釵》。並題一絕云：

滿紙荒唐言，一把辛酸淚。

都云作者痴，誰解其中味？

至脂硯齋甲戌抄閱再評，仍用《石頭記》。」（最後十五字，各本皆無，是據甲戌本的）。甲戌本此段上有硃批云：

若云雪芹披閱增刪，然後（則）開卷至此這一篇楔子又系誰撰？足見作者之筆狡猾之甚。後文如此處者不少，這正是作者用畫家煙雲模糊處。觀者萬不可被作者瞞蔽了去，方是巨眼。

此評明說雪芹是作者，而「披閱增刪」是託詞。在甲戌本裡，作者還想故意說作者是空空道人，披閱增刪者是曹雪芹，再評者另是一位脂硯齋。至庚辰寫定時，刪去「脂硯齋甲戌抄閱再評」字樣，只稱為「脂硯齋重評《石頭記》」了。依甲戌本與庚辰本的款式看來，凡最初的抄本《紅樓夢》必定都稱為「脂硯齋重評《石頭記》」。後人不知脂硯齋即是曹雪芹，又因高鶚排本全刪原評，所以刪去原題，後人又有改題「悼紅軒原本」的，殊不知脂硯齋重評本正是悼紅軒原本，如此改題正是「被作者瞞蔽了」。

「脂硯」只是那塊愛吃胭脂的頑石，其為作者託名，本無可疑。原本有作者自己的評語和注語，我在前幾年已說過了。今見此本，更信原本有作者自加的評註。如此本第七十八回之《芙蓉女兒誄》有許多解釋文詞典故的注語，如「鳩鴆惡其高，鷹鷙翻遭罦罬」，下注云：

《離騷》：「鷙鳥之不群兮」，又「吾令鴆為媒兮，鴆告余以不好。雄鳩之鳴逝兮，余猶惡其佻巧」。註：鷙特立不群。鴆羽毒殺人。鳩多聲，有如人之多言不實。罦罬音孚拙。《詩經》：「雉罹於罦。」《爾雅》：罬謂之罦。（抄本多誤，今校正。）

如「箝詖奴之口，討（戚本作罰，程甲乙本作討，與此本同）豈從寬」下注云：

> 《莊子》：「箝楊墨之口。」《孟子》：「詖辭知其所蔽。」

此類注語甚多，明明是作者自加的註釋。其時《紅樓夢》剛寫定，絕不會已有「《紅》迷」的讀者肯費這麼大的氣力去做此種詳細的註釋。所謂「脂硯齋評本」即是指那原有作者評註的底本，不是指那些有丁亥甲午評語的本子，因為甲戌本和庚辰本都已題做「脂硯齋重評」本了。

此本使我們知道脂硯即是雪芹，又使我們因此證明原底本有作者自加的評語，這都是此本的貢獻。

此本有一處注語最可證明曹雪芹是無疑的《紅樓夢》作者。第五十二回末頁寫晴雯補裘完時，「只聽自鳴鐘已敲了四下」。下有雙行小注云：

> 按四下乃寅正初刻。寅此樣（寫）法，避諱也。

雪芹是曹寅的孫子，所以避諱「寅」字。此注各本皆已刪去，賴有此本獨存，使我們知道此書作者確是曹寅的孫子（此注大概也是自注；因已託名脂硯齋，故註文不妨填諱字了）。

我從前曾指出《紅樓夢》十六回鳳姐談「南巡接駕」一大段即是追憶康熙南巡時曹寅四次接駕的故事。這個假設，在甲戌本的批語上已得著一點證據了（《文存三集》頁五七四；或《文選》頁四三七至四三八）。此本的南巡接駕一段也有類似的批語「我們賈府只預備接駕一次」一句旁有硃批云：

又要瞞人。

「現在江南的甄家……獨他家接駕四次」一段旁有硃批云：

點正題正文。

又批云：

真有是事，經過見過。

這更可證實我的假設了。甄家在江南，即是三代在南京做織造時的曹家；賈家即是小說裡假託在京城的曹家。《紅樓夢》寫的故事的背景即是曹家，這南巡接駕的回憶是一個鐵證，因為當時沒有別的私家曾做過這樣的豪舉。

關於秦可卿之死，甲戌本的批語記載最明白（《文存三集》頁五七五至五七九；或《文選》頁四三九至四四二）。此本也有松齋、梅溪兩條硃批，也有「樹倒猢猻散」一條硃批，但無「秦可卿淫喪天香樓」一條總評。此本十三回末有硃筆總評云：

> 通回將可卿如何死故隱去，是大發慈悲心也。嘆嘆。壬午春。

此條與甲戌本的總評正相印證。

我跋甲戌本時，曾推論雪芹未完的書稿，推得五六事：

（1）史湘雲似嫁與衛若蘭，原稿有衛若蘭射圃拾得金麒麟的故事。

（2）原稿有襲人與琪官的結局，他們後來供奉寶玉、寶釵，「得同終始」。

（3）原稿有小紅、茜雪在獄神廟的「一大回文字」。

（4）惜春的結局在「後半部」。

（5）殘稿中有「誤竊玉」一回文字。

（6）原稿有「懸崖撒手」一回的回目。

此本的批語，除甲戌本及戚本所有各條之外，還有一些新材料。二十回李嬷嬷一段有硃批云：

茜雪至獄神廟方呈正文。襲人正文標昌（按，疑是「目曰」二字誤寫成「昌」字）「花襲人有始有終」，餘只見有一次謄清時與獄神廟慰寶玉等五六稿，被借閱者迷失，嘆嘆。

又二十七回鳳姐要挑紅玉（小紅在甲戌本與此本皆作紅玉）跟她去一段，上有硃批云：

奸邪婢豈是怡紅應答者，故即逐之。前良兒，後篆兒，便是卻證作者又不得可也（有誤字）。己卯冬夜。

其下又批云：

此係未見抄沒獄神廟諸事，故有是批。丁亥夏畸笏。

此諸條可見在遺失之殘稿裡有這些事：

（甲）茜雪與小紅在獄神廟一回有「慰寶玉」的事。

（乙）殘稿有「花襲人有始有終」一回的正文。

（丙）殘稿中有「抄沒」的事。

此外第十七八合回中妙玉一段下有長注，其上有硃批云：

> 樹（？）處引十二釵，總未的確，皆系漫擬也。至末回警幻情榜，方知正副再副及三四副芳諱。壬午季春畸笏。

壬午季春雪芹尚生存。他所擬的「末回」有警幻的「情榜」，有十二釵及副釵，再副，三四副的芳諱。這個結局大似《水滸傳》的石碣，又似《儒林外史》的「幽榜」。這回迷失了，似乎於原書的價值無大損失。

又第四十二回前面有總評云：

> 釵玉名雖二人，人卻一身，此幻筆也。今書至三十八回時已過三分之一而有餘，故寫是回，使二人合而為一。請看黛玉逝後寶釵之文字，便知余言不謬矣。

這一條有可注意的幾點：

（1）此本之四十二回在原稿裡為三十八回，相差三回之多。就算十七八九三回合為一回，尚差兩回。

（2）三十八回「已過三分之一而有餘」，可見原來計劃全書只有一百回。

（3）原稿已有「黛玉死後寶釵之文字」，也失去了。

徐先生所藏這部庚辰秋定本，其可供考證的材料，大概不過如此。此本比我的甲戌本雖然稍晚，但甲戌本只剩十六回，而此本為八十回本，只缺兩回。現今所存八十回本可以考知高鶚續書以前的《紅樓夢》原書狀況的，有正石印戚本之外，只有此本了。此本有許多地方勝於戚本。如第二十二回之末，此本尚儲存原書殘闕狀態，是其最大長處。其他長處，我已說過。現在我要舉出一段很有趣的文字上的異同，使人知道此本的可貴。六十八回鳳姐初見尤二姐時，鳳姐說的一大篇演說，在有正石印本裡有塗改的痕跡；原文是半文言的，不合鳳姐的口氣；石印本將此段演說用細線圈去，旁註白話的改本。如原文：

> 怎奈二爺錯會奴意。眠花臥柳之事瞞奴或可。今娶姐姐二房之大事，亦人家大禮，亦不曾對奴說。奴亦曾勸過二爺，早行此禮，以備生育。……

塗改之後，成了這樣的白話：

> 怎奈二爺錯會了我的意。若是在外包占人家姐妹，瞞著家裡也罷了。今娶了妹妹做二房，這樣正經大事，也是人家大禮，卻不曾對我說。我也曾勸過二爺，早辦這件

事，果然生個一男半女，連我後來都有靠。……

這種塗改是誰的手筆呢？究竟文言改成白話是戚本已有的呢，還是狄平子先生翻印時改的呢？我們現在檢查徐先生的抄本，鳳姐演說的文字完全和石印本塗去的文字一樣。而石印本改定的文字又完全和高鶚排印本一樣。這可見雪芹原本有意把這段演說寫作半文言的客套話，表示鳳姐的虛偽。高鶚續書時，覺得那不識字的鳳姐不應該說這種文謅謅的話，所以全給改成了白話。狄平子先生石印戚本時，也覺得此段戚本不如刻本的流暢，所以採用刻本來塗改戚本。但狄先生很不徹底，改了不上一葉，就不改了；所以原文鳳姐叫尤二姐做「姐姐」，石印本依刻本改為「妹妹」；但下文不曾照改之處，又仍依原文叫「姐姐」，凡八九處之多。這可證石印本確是用刻本來改原本的。然而若沒有此本的印證，誰能判此塗改一案呢！

我很感謝徐星署先生借給我這本子的好意。我盼望將來有人肯費點工夫，用石印戚本做底子，把這本的異文完全校記出來。

二十二，一，二十二夜

（原載 1932 年 12 月《國學季刊》第 3 卷第 4 號，此號實際延期出版）

脂硯齋評本《石頭記》題記(三則)

1

現在的八十回《石頭記》，共有三本，一為有正書局石印的戚蓼生本，一為徐星署藏的八十回抄本（我有長跋），一為我收藏的劉銓福家舊藏殘本十六回（我也有長跋）。三本之中，我這本殘本為最早寫本，故最近於雪芹原稿，最可寶貴。今年周汝昌君（燕京大學學生）和他的哥哥借我此本抄了一個副本。我盼望這個殘本將來能有影印流傳的機會。

胡適 1948，12，1

2

我得此本在1927年，次年二月我寫長跋，詳考此本的重要性。1933年1月我寫長跋，改定徐星署藏的八十回本（缺六四、六七回，又二十二回不全）脂硯齋四閱評本。

1948年7月，我偶然在《清進士題名錄》發現德清戚蓼生是乾隆三十四年（1769）三甲廿三名進士，這就提高戚本的價值了。

胡適 1949年5月8夜（在紐約）

3

王際真先生指出，俞平伯在《紅樓夢辨》裡已引余姚《戚氏家譜》說蓼生是三十四年進士，與《題名錄》相合。

胡適 1950，1，22

（收入胡頌平《胡適之先生年譜長編初稿》第6冊）

影印乾隆甲戌《脂硯齋重評石頭記》的緣起

民國十六年夏天，我在上海買得大興劉銓福舊藏的「脂硯齋甲戌抄閱再評」的《石頭記》舊抄本四大冊，共有十六回：第一到第八回，第十三到第十六回，第廿五到廿八回。甲戌是乾隆十九年（1754），這個抄本後來稱為「甲戌本」。

民國十七年二月，我發表了一篇一萬七八千字的報告，題作《考證〈紅樓夢〉的新材料》。我指出這個甲戌本子是世間最古的《紅樓夢》寫本，前面有《凡例》四百字，有自題七言律詩，結句云「字字看來皆是血，十年辛苦不尋常」，都是流行的抄本刻本所沒有的。此本每回有硃筆眉評、夾評，小字密書，其中有極重要的數據，可以考知曹雪芹的家事和他死的年月日，可以考知《紅樓夢》最初稿本的狀態，如第十三回作者原題「秦可卿淫喪天香樓」，後來「姑赦之」，才刪去天香樓事，少卻四五葉。評語裡還有不少數據，可以考知《紅樓夢》後半部預定的結構，如云「琪官後回與襲人供奉玉兄寶卿，得同終始」（二十八回評），如云「紅玉（小紅）後有寶玉大得力處」（二十七回評），此可見高鶚續作後四十回，並沒有雪芹殘稿本做根據。

自從《考證〈紅樓夢〉的新材料》發表之後，研究《紅樓夢》的人才知道搜求《紅樓夢》舊抄本的重要。

民國二十二年，王叔魯先生替我借得他的親戚徐星署先生藏的「庚辰（乾隆二十五，1760）秋定本」脂硯齋評本《石頭記》八十回抄本，其實只有七十七回有零：六十四與六十七回全缺，二十二回不全，有批語說，「此回未成而芹逝矣」。我又發表了一篇《跋乾隆庚辰本脂硯齋重評〈石頭記〉抄本》。我提出了一個假設的結論：「依甲戌本與庚辰本的款式看來，凡最初的抄本《紅樓夢》必定都稱為《脂硯齋重評石頭記》。」

在這二十多年裡，先後又出現了幾部「脂硯齋評本」，我的假設大致已得到證實了。我現在把我們知道的各種《脂硯齋重評石頭記》本子做一張總表，如下：

（一）乾隆甲戌（1754）脂硯齋抄閱再評本，即此本，凡十六回，目見上。

（二）乾隆己卯（1759）冬月脂硯齋四閱評本，凡三十八回：一至二十回，三十一至四十回，六十一至七十回，內缺六十四、六十七回，是抄配的。此本我未見。

（三）乾隆庚辰（1760）秋脂硯齋四閱評本，凡七十七回有零，目見上。

以上抄本的年代皆在雪芹生前，以下抄本，皆在雪芹死後。

（四）有正書局石印的戚蓼生序本，此本也是脂硯齋評本，重抄付石印，妄題「國初抄本」，底本年代不可知，戚蓼生是乾隆三十四年己丑（1769）的進士，暫定為己丑本，凡八十回。

（五）乾隆甲辰（1784）菊月夢覺主人序本，凡八十回。此本近年在山西出現，我未見。

直到今天為止，還沒有出現一部抄本比甲戌本更古的，也還沒有一部抄本上面評語有甲戌本那麼多的。甲戌本雖只有十六回，而硃筆細評比其他任何本子多得多（庚辰本前十一回無一條評語），其中有雪芹死後十二年的「脂批」，使我們確知他死在「壬午除夕」，像這類可寶貴的數據多不見於其他各本。

所以到今天為止，這個甲戌本還是世間最古又最可寶貴的《紅樓夢》寫本。

三十年來，許多朋友勸我把這個本子影印流傳。我也顧慮到這個人間孤本在我手裡，我有儲存流傳的責任。民國三十七年我在北平，曾讓兩位青年學人兄弟合作，用朱墨兩色影抄了一本。三十七年十二月十六日，中央政府派飛機到北平接我南下，我只帶出了先父遺稿的清抄本和這個甲戌本《紅樓夢》。民國四十年哥倫比亞大學為此本做了顯微影片：一套存在哥大圖書館，一套我送給翻譯《紅樓夢》的王際真先生，一套我自己留著，後來送給正在研究《紅樓夢》的林語堂先生了。

今年蒙中央印製廠總經理時壽彰先生與技正羅福林先生的熱心贊助，這個朱墨兩色寫本在中央印製廠試驗影印很成功，我才決定影印五百部，使世間愛好《紅樓夢》與研究《紅樓夢》的人都可以欣賞這個最古寫本的真面目。

曹雪芹死在乾隆二十七年壬午除夕，即 1763 年 2 月 12 日。再過二年的今天，就是他死後二百年的紀念了。我把這部最近於他的最初稿本的甲戌本影印行世，作為他逝世二百年紀念的一件獻禮。

1961年2月12日在南港

（收入1961年5月10日胡適自印本《乾隆甲戌脂硯齋重評〈石頭記〉》）

跋乾隆甲戌《脂硯齋重評石頭記》影印本

我在民國十七年已有長文報告這個脂硯齋甲戌本是「海內最古的《石頭記》抄本」了。今天我寫這篇介紹脂硯甲戌影印本的跋文，我止想談談三個問題：第一，我要指出這個甲戌本在四十年來《紅樓夢》的版本研究上曾有過劃時代的貢獻。第二，我要指出曹雪芹在乾隆甲戌年（1754）寫定的《石頭記》初稿本止有這十六回。第三，我要介紹原藏書人劉銓福，並附帶介紹此本上用墨筆加批的孫桐生。

一、甲戌本在《紅樓夢》版本史上的地位

我們現在回頭檢看這四十年來我們用新眼光、新方法蒐集史料來做「《紅樓夢》

的新研究」總成績，我不能不承認這個脂硯齋甲戌本《石頭記》是最近四十年內「新紅學」的一件劃時代的新發現。

這個脂硯齋甲戌本的重要性就是：在此本發現之前，我們還不知道《紅樓夢》的「原本」是什麼樣子，自從此本發現之後，我們方才有一個認識《紅樓夢》「原本」的標準，方才知道怎樣訪尋那種本子。

我可以舉我自己做例子。我在四十年前發表的《紅樓夢考證》裡，就有這一大段很冒失的話：

上海有正書局石印的一部八十回本的《紅樓夢》，前面有一篇德清戚蓼生的序，我們可叫他做「戚本」。……這部書的封面上題著「國初抄本紅樓夢」……首頁題著「原本紅樓夢」。「國初抄本」四個字自然是大錯的。那「原本」兩字也不妥當。這本已有總評、有夾評、有韻文的評贊，又往往有「題」詩，有時又將評語抄入正文（如第二回），可見已是很晚的抄本，絕不是「原本」了……「戚本」大概是乾隆時無數展轉傳抄本之中幸而儲存的一種，可以用來參校程本，故自有他的相當價值，正不必假託「國初抄本」。

我當時就沒有想像到《紅樓夢》的最早本子已都有總評，有夾評，又有眉評的！所以我看見「戚本」有總評，有夾評，我就推斷他已是很晚的展轉傳抄本，絕不是「原本」。（俞平伯先生在《紅樓夢辨》裡也曾說「戚本」「決是展轉傳抄後的本子，不但不免錯誤，且也不免改竄」。）

因為我沒有想到《紅樓夢》原本就是已有評註的，所以我在民國十六年差一點點就錯過了收買這部脂硯甲戌本的機會！我曾很坦白地敘說我當時是怎樣冒失，怎樣缺乏《紅樓夢》本子的知識：

> 去年（民國十六年）我從海外歸來，接著一封信，說有一部抄本《脂硯齋重評石頭記》願讓給我。我以為「重評」的《石頭記》大概是沒有價值的，所以當時竟沒有回信。不久，新月書店的廣告出來了，藏書的人把此書送到店裡來，轉交給我看。我看了一遍，深信此本是海內最古的《石頭記》抄本，就出了重價把此書買了。

近年上海中華書局出版的「一粟」編著的《紅樓夢書錄》新一版，記錄我買得《乾隆甲戌脂硯齋重評石頭記》的故事已曲解成了這個樣子：

> 此本劉銓福舊藏，有同治二年、七年等跋；後歸上海新月書店，已發出版廣告，

為胡適收買，致未印行。

大概三十多年後的青年人已看不懂我說的「新月書店的廣告出來了」。這句話是說：當時報紙上登出了胡適之、徐志摩、邵洵美一班文藝朋友創辦新月書店的新聞及廣告。那位原藏書的朋友（可惜我把他的姓名地址都丟了）就親自把這部脂硯甲戌本送到新開張的新月書店去，託書店轉交給我。那位藏書家曾讀過我的《紅樓夢考證》，他打定了主意要把這部可寶貝的寫本賣給我，所以他親自尋到新月書店去留下這書給我看。如果報紙上沒有登出胡適之的朋友們開書店的訊息，如果他沒有先送書給我看，我可能就不回他的信，或者回信說我對一切「重評」的《石頭記》不感興趣……於是這部世界最古的《紅樓夢》寫本就永遠不會到我手裡，很可能就永遠被埋了！

我舉了我自己兩次的大錯誤，只是要說明我們三四十年前雖然提倡搜求《紅樓夢》的「原本」或接近「原本」的早期寫本，但我們實在不知道曹雪芹的稿本是個什麼樣子，所以我們見到了那種本子，未必就能「識貨」，可能還會像我那樣差一點兒「失之交臂」哩。

所以這部「脂硯齋甲戌抄閱再評」的《石頭記》的發現，可以說是給《紅樓夢》研究劃了一個新的階段，因為從此我們有了「石頭記真本」（這五個字是原藏書人劉銓福的話）做樣子，有了認識《紅樓夢》「原本」的樣準，從此我們方才走上了蒐集研究《紅樓夢》的「原本」「底本」的新時代了。

在報告脂硯甲戌本的長文裡，我就指出了幾個關於研究方法上的觀察：

（一）我用脂硯甲戌本校勘戚本有評註的部分，我斷定戚本是出於一部有評註的底本。

（二）程偉元、高鶚的活字排印本是全刪評語與注語的，但我用甲戌本與戚本比勘程甲本與程乙本，我推斷程、高排本的前八十回的原本也是有評註的抄本。

（三）我因此提出一個概括的結論：《紅樓夢》的最初底本就是有評註的。那些評註至少有一部分是曹雪芹自己要說的話；其餘可能是他的親信朋友如脂硯齋之流要說的話。

這幾條推斷都只是要提出一個辨認曹雪芹的原本的標準。一方面，我要掃清「有總評、有夾評，絕不是原本」的成見；一方面，我要大家注意像脂硯甲戌本的那樣

「有總評、有眉評、有夾評」的舊抄本。

果然，甲戌本發現後五六年，王克敏先生就把他的親戚徐星署先生家藏的一部《脂硯齋重評石頭記》抄本八大冊借給我研究。這八大冊，每冊十回，每冊首葉題「脂硯齋凡四閱評過」；第五冊以下，每冊首葉題「庚辰秋月定本」。庚辰是乾隆二十五年（1760），此本我叫做「乾隆庚辰本」，我有《跋乾隆庚辰本脂硯齋重評石頭記抄本》長文（收在《胡適論學近著》第一集，即臺北版《胡適文存》第四集）討論這部很重要的抄本。這八冊抄本是徐星署先生的舊藏書，徐先生是俞平伯的姻丈，平伯就不知道徐家有這部書。後來因為我宣傳了脂硯甲戌如何重要，愛收小說雜書的董康、王克敏、陶湘諸位先生方才注意到向來沒人注意的《脂硯齋重評本石頭記》一類的抄本。大約在民國二十年，叔魯就向我談及他的一位親戚家裡有一部脂硯齋評本《紅樓夢》，直到民國二十二年我才見到那八冊書。

我細看了庚辰本，我更相信我在民國十七年提出的「紅樓夢的最初底本是有評註的」一個結論。我在那篇跋文裡就提出了一個更具體也更概括的標準，我說：

依甲戌本與庚辰本的款式看來，凡是最初的抄本《紅樓夢》必定都稱為「脂硯齋重評石頭記」。

我們可以用這個辨認的標準去推斷「戚本」的原本必定也是一部「脂硯齋重評本」；我們也可以推斷程偉元、高鶚用的前八十回「各原本」必定也都題著「脂硯齋重評本」。

近年武進陶洙家又出來了一部《乾隆己卯（二十四年，1769年）冬月脂硯齋四閱評本石頭記》，止殘存三十八回：第一至第二十回，第三十一至第四十回，第六十一至第七十回，其中第十七、十八回還沒有分開，又缺了第六十回、六十七回，是補抄的。這本己卯本我沒有見過。俞平伯的《脂硯齋紅樓夢輯評》說，己卯本三十八回，其中二十九回是有脂評的。據說此本原是董康的藏書，後來歸陶洙。這個己卯本比庚辰本只早一年，形式也近於庚辰本。

近年山西又出了一部乾隆四十九年甲辰（1748）菊月夢覺主人序的八十回本，沒有標明「脂硯齋重評本」。

但我看俞平伯輯出的一些評語，這個甲辰本的底本顯然也是一個脂硯齋重評本。此本第十九回前面有總評，說：「原本評註過多……反擾正文。刪去以俟觀者凝思入妙，愈顯作者之靈機耳。」

總計我們現在知道的紅樓夢的「古本」，我們可以依各年代的先後，做一張總表如下：

（一）乾隆十九年甲戌（1754）脂硯齋抄閱再評本，止有十六回。有今年胡適影印本。

（二）乾隆二十四年己卯（1759）冬月脂硯齋四閱評本，存三十八回：第一至二十回（其中第十七、第十八兩回未分開），第三十一至四十回，第六十一至七十回（缺第六十四、六十七回）。

（三）乾隆二十五年庚辰（1760）秋月定本，「脂硯齋凡四閱評過」，共八冊，止有七十八回。其中第十七、第十八兩回沒有分開，第十七回首葉有批云：「此回宜分二回方妥。」第十九回尚無回目，第八十回也尚無回目。第七冊首葉有批云：「內缺六十四、六十七兩回。」又第二十二回未寫完，末尾空葉有批云：「此回未成而芹逝矣！嘆嘆！丁亥（乾隆三十二年，1767）夏，畸笏叟。」第七十五回的前葉有題記：「乾隆二十一年（1765）五月初七日對清。缺中秋詩，俟雪芹。」此本有1955年「文學古籍刊行社」影印本，有己卯本補抄了第六十四、六十七回。

（四）上海有正書局石印的戚蓼生序的八十回本，即「戚本」。此本也是一部脂硯齋評本，石印時經過重抄。原底本的年代無可考。此本已有第六十四、六十七回了；第二十二回已補全了，故年代在庚辰本之後。因為戚蓼生是乾隆三十四年己丑（1769）的進士，我們可以暫定此本為己丑本。此本有宣統末年（1911）石印大字本，每半葉九行，每行二十字；又有民國九年（1920）及民國十六年（1927）石印小字本，半葉十五行，每行三十字。小字本是用大字本剪黏石印的。大字本前四十回有狄葆賢的眉批，指出此本與今本文字不同之處。小字本的後四十回也加上眉批，那是有正書局懸賞徵文得來的校記。

（五）乾隆四十九年甲辰（1784）夢覺主人序的八十回本。此本雖然有意刪削評註，但保留的評註使我們知道此本的底本也是一部脂硯齋重評本。

（六）乾隆五十六年辛亥（1791）北京萃文書屋木活字排印的《新鐫全部繡像紅樓夢》。這是程偉元、高鶚第一次排印的一百二十回本。我叫他做「程甲本」。「程甲本」的前八十回是依據一部或幾部有脂硯齋評註的底本，後四十回是高鶚續作的。此本是後來南方各種雕刻本、鉛印本、石印本的祖本。

（七）乾隆五十七年（1792）北京萃文書屋木活字排印的《新鐫全部繡像紅樓

夢》。這是程偉元、高鶚第二次排印的「詳加校閱，改訂無訛」的一百二十回本。我叫他「程乙本」。因為「程甲本」一到南方就有人雕版翻刻了，這個校閱改訂過的「程乙本」向來沒有人翻版，直到民國十六年（1927）上海亞東圖書館才用我的「程乙本」去標點排印了一部。這部亞東排印的「程乙本」是近年一些新版的《紅樓夢》的祖本，例如臺北遠東圖書公司的排印本，香港友聯出版社的排印本，臺北啟明書局的影印本，都是從亞東的「程乙本」出來的。

這一張《紅樓夢》古本表可以使我們明白：從乾隆十九年（1754）曹雪芹還活著的時期，到乾隆五十七年（1792）——就是曹雪芹死後的第三十年，在這三十八九年之中，《紅樓夢》的本子經過了好幾次重大的變化：

第一，乾隆甲戌（1754）本：止寫定了十六回，雖然此本裡已說「曹雪芹披閱十載，增刪五次」；已有「十年辛苦不尋常」的詩句。

第二，乾隆己卯（二十四年，1759）、庚辰（二十五年，1760）之間，前八十回大致寫定了，故有「庚辰秋月定本」的檢訂。現存的「庚辰本」最可以代表雪芹死之前的前八十回稿本沒有經過別人整理添補的狀態。庚辰本仍舊有「披閱十載，增刪五次」的話，但八十回還沒有完全，還有幾些殘缺情形。

（一）第十七回還沒有分作兩回。
（二）第十九回還沒有回目，還有未寫定而留著空白之處（影印本二〇二葉上）。
（三）第二十二回還沒有寫完。
（四）第六十四回、六十七回，都還沒有寫。
（五）第七十五回還缺寶玉、賈環、賈蘭的中秋詩。
（六）第八十回還沒有定目。

第三，曹雪芹死在乾隆二十七年壬午除夕。周汝昌先生曾發現敦敏的《懋齋詩抄》殘本有《小詩代簡，寄曹雪芹》的詩，其前面第三首詩題著「癸未」（乾隆二十八年）二字，故他相信雪芹死在癸未除夕。我曾接受汝昌的修正。但近年那本《懋齋詩抄》影印出來了，我看那殘本裡的詩，不像是嚴格依年月編次的；況且那首「代簡」只是約雪芹「上巳前三日」（三月初一）來喝酒的詩，很可能那時敦敏兄弟都還不知道雪芹已死了近兩個月了。所以我現在回到甲戌本（影印本九葉至十葉）的記載，主張雪芹死在「壬午除夕」。

第四，從庚辰秋月到壬午除夕，只有兩年半的光陰，在這一段時間裡，雪芹（可能是因為兒子的病，可能是因為他的心思正用在試寫八十回以後的書）好像沒有在那大致寫成的前八十回的稿本上用多大功夫，所以他死時，前八十回的稿本還是像現存的庚辰本的殘缺狀態。最可注意的是庚辰本第二十二回之後（影印本二五四葉）有這一條記錄：

> 此回未成而芹逝矣！嘆嘆！丁亥（1767）夏。畸笏叟。

這就是說，在雪芹死後第五年的夏天，前八十回本的情形還大致像現存的庚辰本的樣子。

第五，在雪芹死後的二十幾年之中——大約從乾隆三十二年丁亥（1767）以後，到五十六年辛亥（1791）——有兩種大同而有小異的《紅樓夢》八十回稿本在北京少數人的手裡流傳抄寫：一種稿本流傳在雪芹的親屬朋友之間，大致儲存雪芹死時的殘缺情形，沒有人敢作修補的工作，此種稿本最近於現存的庚辰本。另一種稿本流傳到書坊廟市去了——「好事者每傳抄一部，置廟市中，昂其值，（可）得數十金」——就有人感覺到有修殘補缺的需要了，於是先修補那些容易修補的部分（第十七回分作兩回，加上次目；十九回也加上次目，抹去待補的空白；二十二回潦草補充；七十五回仍缺中秋詩三首；八十回補了回目）；其次補作那些比較容易補的第六十四回；最後，那很難補作的第六十七回就發生問題了。高鶚在「程乙本」的引言裡說，「六十七回，此有彼無，題同文異，燕石莫辨」。可見當時廟市流傳的本子，有不補六十七回的，也有試補此回而文字不相同的，戚本的六十七回就和高鶚的本子大不相同，而高本遠勝於戚本。

第六，據浙江海寧學人周春（1729—1815）的《閱紅樓夢隨筆》，他在乾隆庚戌（五十五年，1790）秋已聽人說，有人「以重價購抄本兩部，一為《石頭記》八十回，一為《紅樓夢》一百二十回，微有異同。……壬子（五十七年，1792）冬，知吳門坊間已開雕矣」。周春在乾隆甲寅（五十九年，1794）七月記載這段話，應該可信，高鶚續作後四十回，合併前八十回，先抄成了百二十回的「全部《紅樓夢》」，可能在乾隆庚戌秋天已有一百二十回的抄本出賣了。到次年辛亥（五十六年，1791），才有程偉元出錢用木活字排印，是為「程甲本」。周春說的「壬子冬，知吳門坊間已開雕矣」，那是蘇州書坊得到了「程甲本」就趕緊雕版印行，他們等不及高蘭墅先生「聚集各原本詳加校閱，改訂無訛」的「程乙本」了。

這是《紅樓夢》小說從十六回的甲戌（1754）本變到一百二十回的辛亥（1791）本和壬子（1792）本的版本簡史。如果沒有三十多年前甲戌本的出現，如果我們沒有認識《紅樓夢》原本或最早寫本的標準，如果沒有這三十多年陸續發現的各種「脂硯齋重評本」，我們也許不會知道《紅樓夢》本子演變的真相這樣清楚吧？

二、試論曹雪芹在乾隆甲戌年寫定的稿本只有這十六回

我在三十四年前還不敢說曹雪芹在乾隆十九年甲戌（1754）——在他死之前九年多——止寫成了或寫定了這十六回書。我在那時只敢說：

我曾疑心甲戌以前的本子沒有八十回之多，也許只有二十八回，也許只有四十回。……如果甲戌以前雪芹已成八十回，那麼，從甲戌到壬午（除夕），這九年之中雪芹作的是什麼書？

我在當時看到的《紅樓夢》古本很少，但我注意到高鶚的乾隆壬子（1792）本——即「程乙本」——的引言裡說的「如六十七回，此有彼無，題同文異」。我就推論：「這一點使我疑心八十回本是陸續寫定的。」

後來我看到了庚辰（1760）本，我仔細研究了那個「庚辰秋月定本」的殘缺狀態——如六十四、六十七回的全缺，如第二十二回的未寫完——我更相信那所謂

「八十回本」不是從頭一氣寫下去的，實在是分幾個段落，斷斷續續寫成的；到了壬午除夕雪芹死時，八十回以後止有一些無從整理的零碎殘稿，就是那比較成個片段的前八十回也還沒有完全寫完。

最近半年裡，因為我計劃要影印這個甲戌本，我時常想到這個很工整的清抄本為什麼只有十六回，為什麼這十六回不是連續的，為什麼中間缺少第九到第十二回，又缺少第十七回到第二十四回。

在我進醫院的前一天，我寫了一封簡訊給香港友聯出版社的趙聰先生，在那封信裡我第一次很簡單地指出我的新看法：就是說，曹雪芹在乾隆十九年甲戌寫成的《紅樓夢》初稿只有這十六回。我說：

> ……故我現在不但回到我民國十七年的看法：「甲戌以前的本子沒有八十回之多，也許只有二十八回，也許只有四十回。」我現在進一步說：甲戌本雖然已說「披閱十載，增刪五次」，其實只寫成了十六回。……故我這個甲戌本真可以說是雪芹最初稿本的原樣子。所以我決定影印此本流行於世。

這封簡訊的日子是「五十，二，二十四日下午」。在二十六七小時之後，我就因心臟病被送進臺灣大學醫學院的附屬醫院了。

今天我要把那封信裡的推論及證據稍稍擴充發揮，寫在這裡，請研究《紅樓夢》本子沿革的朋友不客氣地討論教正。

甲戌本的十六回是這樣的：

第一回到第八回，缺第九到第十二回，

第十三回到第十六回，缺第十七到二十四回。

第二十五回到第二十八回。

我可以先證明第十七回到第二十四回是甲戌本沒有的，是後來補寫的。試看乾隆庚辰（二十五年，1760）秋月定本的狀態：

（一）第十七回「大觀園試才題對額，榮國府歸省慶元宵」有二十七葉半之多，首葉題作「第十七回至十八回」。前面空葉上有批語一行：「此回宜分二回方妥。」

（二）第十九回雖然另起一葉，但還沒有回目，也還沒有標明「第十九回」。

（三）庚辰本的第二十二回沒有寫完，只寫到元春、迎春、探春、惜春的四個燈謎，下面就沒有了。下面有一葉白紙，上面寫著：

暫記寶釵制謎云：

「朝罷誰攜兩袖煙？琴邊衾裡總無緣。曉籌不用雞人報，五夜無煩侍女添。焦首朝朝還暮暮，煎心日日復年年。光陰荏苒須當惜，風雨陰晴任變遷。」

此回未成而芹逝矣！嘆嘆！丁亥夏，畸笏叟。

這都可見第十七、十八、十九回是很晚才寫成的，所以在庚辰秋月的「定本」裡，那三回還只有一個回目。第二十二回寫的更晚了，直到雪芹死後多年還在未完成的狀態，所以後人有不同的補本，戚本補的第二十二回就和高鶚補的大不相同（戚本儲存惜春的謎，也用了寶釵的謎，還接近庚辰本；高鶚本刪了惜春的謎，把寶釵的謎送給黛玉，又另作了寶釵、寶玉兩人的謎）。

這樣看來，甲戌本原缺的第十七到第二十四回是甲戌以後才寫的，其中最晚寫的是第二十二回：「此回未成而芹逝矣！」

其次，我要指出甲戌本原缺的第九到第十二回也是後來補寫的，寫的都很潦草，又有和甲戌本顯然衝突的地方。

這幾回的內容是這樣的：

第九回寫賈氏家塾裡胡鬧的情形，是八十回裡很潦草的一回。

第十回寫秦可卿忽然病了，寫張太醫診脈開方，說「這病尚有三分治得」，又說，「今年一冬是不相干的，總是過了春分，就可望痊癒了。」這就是說，秦氏不能活過春分了。

第十一回寫秦氏病危了。「這年正是十一月三十日冬至。到交節的那幾日，賈母、王夫人、鳳姐，日日差人去看秦氏。」王夫人向賈母說，「這個症候遇著這樣大節，不添病，就有好大的指望了」。過了冬至，十二月初二，鳳姐奉命去看秦氏，「那臉上身上的肉全瘦乾了」。鳳姐從秦氏屋裡出來，到尤氏上房坐下，尤氏道，「你冷眼瞧媳婦是怎麼樣？」鳳姐低了半日頭，說道，「這實在沒法兒了。你也該將一應的後事用的東西料理料理，沖一沖也好。」

這是很明白清楚的說秦氏病危了，「實在沒法兒了」，「一應的後事用的東西」都暗暗的預備好了。

這就到了第十一回的末尾了，忽然接上賈瑞「合該作死」的故事，於是第十二回整回寫的是「賈瑞正照風月寶鑑」的故事——這一回裡，賈瑞受了鳳姐兩次欺騙，得了種種重病，「諸如此症，不上一年都添全了。……倏又臘盡春回」……這分明又過了整一年了。這整一年裡，竟沒有人提起秦可卿的病了！

我們試把這四回的內容和甲戌本第十三回關於秦氏之死的正文、總評、眉評，對照著看，我們就可以明白前面的四回是後來補加進去的，所以其中有講不通的重要衝突。

甲戌本的第十三回是這本子裡最有史料價值的一卷，此回有幾條硃筆的總評、眉評、夾評，是一切古本《紅樓夢》都沒有儲存的數據。此回末尾有一條總評，說：

「秦可卿淫喪天香樓」，作者用史筆也。老朽因有魂託鳳姐賈家後事二件，嫡是安富尊榮坐享人能（難？）想得到處；其事雖未漏，其言其意則令人悲切感服，姑赦之。因命芹溪刪去。

同葉又有眉評一條：

此回只十頁。因刪去天香樓事，少卻四五頁也。

「秦可卿淫喪天香樓」的「史筆」是刪去了，那八個字的舊回目也改成「秦可卿死封龍禁尉」了。但甲戌本此回的本文和脂硯評語都還儲存一些「不寫之寫」，都是其他古本《紅樓夢》沒有的。甲戌本寫鳳姐在夢裡：

還欲問時，只聽得二門傳事雲牌連叩四下，正是喪鐘，將鳳姐驚醒。人回東府蓉大奶奶沒了。鳳姐聞聽，嚇了一身冷汗。出了一會兒神，只得忙忙的穿衣服往王夫人處來。當時闔家皆知，無不納罕，都有些疑心。

此本「無不納罕，都有些疑心」之上有眉評說：

九個字寫盡天香樓事，是不寫之寫。

那九個字，庚辰本與甲戌本完全相同。己卯本我未得見，但據俞平伯「紅樓夢八十回校本」的「校字記」九五頁，己卯本與庚辰本都作：

無不納罕，都有些疑心。

戚本改作了：

無不納悶，都有些傷心。

程甲本原作：

無不納悶，都有些疑心。

程乙本就改作了：

無不納悶，都有些傷心。

但因為南方的最早雕本都是依據程甲本做底本的，所以後來的刻本和鉛印本、石印本，也還有作「都有些疑心」的（看俞平伯《紅樓夢研究》之《論秦可卿之死》，頁一七七至一七八）。但多數的流行本都改成了「無不納悶，都有些傷心」。

我們現在看了甲戌、己卯、庚辰三個最古的脂硯齋評本，我們可以確知雪芹在甲戌年決心刪去了「淫喪天香樓」四五葉原稿之後，還保留了「當時闔家皆知，無不納罕，都有些疑心」十五個字的「不寫之寫」的史筆。

秦可卿是自縊死的，《紅樓夢》的第五回畫冊上本來說的很清楚。畫冊的正冊最後一幅：

畫著高樓大廈，有一美人懸樑自縊（此句文字從甲戌、庚辰兩本及戚本）。其判云：

情天情海幻情身，情既相逢必主淫。漫言不肖皆榮出，造釁開端實在寧。

曹雪芹在原稿裡對於這位東府蓉大奶奶的種種罪過，原抱著一種很嚴厲的譴責態度。畫冊判詞是一證。第五回寫寶玉在秦氏屋裡睡覺，是二證。第七回寫焦大亂嚷亂叫：「我要往祠堂裡哭大爺去。那裡承望到如今生下這些畜生來……爬灰的爬灰，養小叔子的養小叔子！我什麼不知道！我們手臂折了往袖子藏。」是三證。第十三回原標「秦可卿淫喪天香樓」的回目，又直寫天香樓事至四五葉之多，是四證。在甲戌本寫定之前，雪芹聽了他最親信的朋友（？）的勸告，決心「姑赦之」，才刪去了那四五葉直寫天香樓的事，才改十三回的回目作「秦可卿死封龍禁尉」。四證之中，刪去了一證。但其餘三證，都儲存在甲戌本及後來幾個寫本裡。在第十三回裡，雪芹還故意留著「無不納罕，都有些疑心」几個字的史筆。

我們不必追問天香樓事的詳細情形了。我現在只要指出第十三回寫秦可卿突然死去，無論是甲戌以前最初稿本直寫「淫喪天香樓」的史筆，或是甲戌、己卯、庚辰各本儲存的「無不納罕，都有些疑心」的委婉寫法，都可以用作證據，證明甲戌寫定的《石頭記》稿本還沒有第十回到第十一回那樣詳細描寫秦可卿病重到垂危的幾迴文字。如果可卿早已病重了，早已病到「一應的後事用的東西」都已「暗暗的預備了」，這樣病到垂危的一個女人死了，怎麼會叫人「無不納罕，都有些疑心」呢？

所以我們很可以推斷：曹雪芹寫「秦可卿淫喪天香樓」的原稿的時候，他壓根兒就沒有想寫秦氏是病死的。後來他決定刪去了「淫喪天香樓」的四五葉，他才感覺到不能不給秦氏捏造出「很大的一個症候」，在很短的一個冬天，就病到了要預備後事的地步。在那原空著的四回裡，秦氏的病況就占了兩回的地位。但因為寫秦氏病狀的許多文字不是雪芹原來的計劃，所以越想越不像了！本來要寫秦氏活過了冬至，活不過春分的，中間插進了「正照風月寶鑑」的雪芹舊稿，於是賈瑞病了一年，秦氏也就得以挨過整整一年，到賈璉送林黛玉回南去之後，鳳姐才夢見秦氏，接著就是喪鐘四下，人回東府蓉大奶奶沒了。

試看第八回末尾寫賈氏家塾「現今司塾的賈代儒乃當代之老儒」，是何等鄭重的描寫！再看第十三回鳳姐夢裡秦氏說賈氏家塾，又是何等鄭重的想法！何以第九回寫賈氏家塾竟是那樣兒戲，那樣潦草呢？何以第十一回寫那位「當代之老儒」和他的長孫又是那樣的不堪呢？

甲戌本第一回有一長段敘說《石頭記》的來歷，其中說：

……空空道人……遂易名為「情僧」，改《石頭記》為《情僧錄》。至吳玉峰題曰《紅樓夢》。東魯孔梅溪則題曰《風月寶鑑》。

甲戌本這裡有硃筆眉評一條，說：

雪芹舊有《風月寶鑑》之書，乃其弟棠村序也。今棠村已逝，余睹新懷舊，故仍因之。

這一條評語是各種脂硯齋評本都沒有的。這句話好像是說，《風月寶鑑》是曹雪芹寫的一本短篇舊稿，有他弟弟棠村作序；那本舊稿可能是一種小型的《紅樓夢》，其中可能有「正照風月寶鑑」一類的戒淫勸善的故事，故可以說是一本幼稚的《石頭記》。雪芹在甲戌年寫成十六回的小說初稿的時候，他「睹新懷舊」，就把《風月寶鑑》的舊名保留作《石頭記》許多名字的一個。在甲戌之後，他需要補作那原來缺了許久的第九回到第十二回，他不能全用那四回地位來捏造秦氏的病情，於是他很潦草的採用了他的《風月寶鑑》舊稿來填滿那缺卷的一部分。因為這個故事本是從前寫的，勉強插在這裡，所以就顧不到前面敘說秦氏那樣垂死的病情，在那時間上就不得不拖延了一整年了。

我提出這四回的內容和第十三回的種種衝突，來證明第九回到第十二回是甲戌初稿沒有的，是後來補寫的。

所以我近來的看法是，曹雪芹在甲戌年寫定的稿本只有這十六回——第一到第八回，第十三到第十六回，第二十五到第二十八回。中間的缺卷，第九到第十二回，第十七到第二十四回，都是雪芹晚年才補寫的。

三、介紹原藏書人劉銓福，附記墨筆批書人孫桐生

我在民國十六年夏天得到這部世間最古的《紅樓夢》寫本的時候，我就注意到首葉前三行的下面撕去了一塊紙：這是有意隱沒這部抄本從誰家出來的蹤跡，所以毀去了最後收藏人的印章。我當時太疏忽，沒有記下賣書人的姓名住址，沒有和他通訊，所以我完全不知道這部書在那最近幾十年裡的歷史。

我只知道這部十六回的寫本《石頭記》在九十多年前是北京藏書世家劉銓福的藏書。開卷首葉有「劉銓畐子重印」「子重」「髣眉」三顆圖章；第十三回首葉總評缺去大半葉，襯紙與原書接縫處印有「劉銓畐子重印」，又襯紙上印「專祖齋」方印。

第二十八回之後，有劉銓福自己寫的四條短跋，印有「銓」「福」「白雲吟客」「阿癐癐」四種圖章。「髣眉」可能是一位女人的印章？「阿癐癐」不是別號，是蘇州話表示大驚奇的嘆詞，見於唐寅題《白日昇天圖》的一首白話詩：「只聞白日昇天去，不見青天降下來。有朝一日天破了，大家齊喊『阿癐癐』！」劉銓福刻這個圖章，可以表示他的風趣。

十四回首葉的方印「專祖齋」，是劉銓福家兩代的書齋，「專祖」就是「磚祖」，因為他家收藏有漢朝河間獻王宮裡的「君子館磚」，所以他家住宅稱為「君子館磚館」，又稱「磚祖齋」。葉昌熾《藏書紀事詩》卷六有一首記載劉銓福和他父親劉位坦的詩，有「河間君子館磚館，廠肆孫公園後園」之句，葉氏自注說：

> 劉寬夫先生名位坦，（其子）子重名銓福，大興人，藏弆極富。……先生……因得河間獻王君子館磚，名其居曰君子館磚館，又曰磚祖齋。所居在後孫公園。其門帖云「君子館磚館，孫公園後園」。今其孫尚守舊宅，而藏書星散矣。

「專祖」就是說那是磚的老祖宗。劉位坦是道光五年乙酉（1825）的拔貢，經過庭試後，「爰自比部，逮掌諫垣」，咸豐元年（1851）由御史出任湖南辰州府知府。咸豐七年（1857）他從辰州府告病回京。他死在咸豐十一年（1861）。他是一位博學的金石書畫收藏家，能畫花鳥，又善寫篆隸。劉位坦至少有一個兒子，四個女兒。有一個女兒嫁給太原喬松年，一個女兒嫁給貴築黃彭年，這兩位劉小姐都能詩能畫，她們的夫婿都是當時的名士。黃彭年《祭外舅劉寬夫先生文》（《陶樓文抄》十四）說劉位坦「博嗜廣究，語必窮源，書唯求舊」，又說他「廣坐論學，謂有直橫，橫浩以博，直一以精」，這就頗像章學誠的「橫通」論了。

劉銓福字子重，號白雲吟客，曾做到刑部主事。他大概生在嘉慶晚年，死在光緒初年（約當1818—1880）。在咸豐初年，他曾隨他父親到湖南辰州府任上。我在臺北得看見陶一珊先生家藏的劉子重短簡墨跡兩大冊，其中就有他在辰州寫的書札。一冊在1954年影印《明清名賢百家書札真跡》兩大冊（也是中央印製廠承印的），其中（四四八頁）收了劉銓福的短簡一葉，是咸豐六年（1856）年底寫的，也是辰州時期的書簡。這些書簡真跡的字都和他的《石頭記》四條跋語的字相同，都是秀挺可喜的。《百家書札真跡》有丁念先先生所撰的小傳，其中劉銓福小傳偶然有些錯誤（一為說「劉畐字銓福」，一為說「鹹同時官刑部，轉湖南辰州知府」，是誤把他家父子認作一個人了），但傳中說他：

博學多才藝；金石、書畫、詩詞，無不超塵拔俗；旁及謎子、聯語，亦皆匠心獨運。

這幾句話最能寫出劉銓福的為人。

劉銓福收得這部乾隆甲戌本《石頭記》是在同治二年癸亥（1863），他有癸亥春日的一條跋，說：

……此本是《石頭記》真本。批者事皆目擊，故得其詳也。癸亥春日，白雲吟客筆。

幾個月之後，他又寫了一跋：

脂硯與雪芹同時人，目擊種種事，故批語不從臆度。原文與刊本有不同處，尚留真面。……五月二十七日閱，又記。

這兩條跋最可以表示劉銓福能夠認識這本子有兩種特點：第一，「此本是石頭記真本」。「原文與刊本有不同處，尚留真面」。第二，「批者事皆目擊，故得其詳」。「脂硯與雪芹同時人，目擊種種事，故批筆不從臆度」。這兩點都是很正確的認識。

一百年前的學人能夠有這樣透闢的見解，的確是十分難得的。

他所以能夠這樣認識這個十六回寫本《紅樓夢》，是因為他是一個不平凡的收藏家，收書的眼光放大了，他不但收藏了各種本子的《紅樓夢》，並且能欣賞《紅樓夢》的文學價值。甲戌本還有他的一條跋語：

> 《紅樓夢》非但為小說別開生面，直是另一種筆墨。昔人文字有翻新法，學梵夾書。今則寫西法輪齒，仿《考工記》。如《紅樓夢》實出四大奇書之外，李贄、金聖嘆皆未曾見也。戊辰（同治七年，1868）秋記。

這是他得此本後第六年的跋語。他曾經細讀《紅樓夢》，又曾細讀這個甲戌本，所以他能夠欣賞《紅樓夢》「直是另一種筆墨……李贄、金聖嘆皆未曾見」；所以他也能夠認識這部十六回的《紅樓夢》殘本是「《石頭記》真本」，又能承認「脂硯與雪芹同時人，目擊種種事，故批筆不從臆度」。

甲戌本還有兩條跋語，我要做一點說明。

此本有一條跋語，是劉銓福的兩個朋友寫的：

> 《紅樓夢》雖小說，然曲而達，微而顯，頗得史家法。余向讀世所刊本，輒逆以己

意，恨不得作者一譚。睹此冊，私幸予言之不謬也。子重其寶之。青士、椿餘同觀於半畝園，並識。乙丑（同治四年，1865）孟秋。

青士是濮文暹，同治四年三甲十二名進士；椿餘是他的弟弟文昶，同治四年三甲五十九名進士。他們是江蘇溧水人。半畝園是侍郎崇實家的園子。濮氏兄弟都是半畝園的教書先生。

還有一條跋語是劉銓福自己寫的，因為這條跋提到在這個甲戌本上寫了許多墨筆批語的一位四川綿州孫桐生，所以我留在最後作介紹。劉君跋云：

近日又得「妙復軒」手批十二冊，語雖近鑿，而於《紅樓夢》味之亦深矣。雲客又記。

此跋「雲客又記」，大概寫在癸亥兩跋之後，此跋旁邊有後記一條，說：

此批本丁卯（同治六年，1867）夏借與綿州孫小峰太守，刻於湖南。

我們先說那個「妙復軒」批本《紅樓夢》十二巨冊。「妙復軒」評本即「太平閒人」評本，果然有光緒七年（1881）湖南「臥雲山館」刻本，有同治十二年（1872）孫桐生的長序，序中說：

> 丙寅（同治五年，1866）寓都門，得友人劉子重貽以「妙復軒」《石頭記》評本。逐句疏櫛，細加排比……如是者五年。

刻本又有光緒辛巳（七年，1881）孫桐生題詩二首，其詩有自注云：

> 憶自同治丁卯得評本於京邸……而無正文；余為排比，添注刻本之上；又親手合正文評語，編次抄錄。……竭十年心力，始克成此完書。

這兩條都可以印證劉銓福的跋語。

刻本有光緒二年（1876）孫桐生的跋文，他因為批書的「太平閒人」自題詩有「道光三十年秋八月在臺灣府署評《石頭記》成」的自記，就考定「太平閒人」是道光末年做臺灣知府的仝卜年。這是大錯的。

近年新出的一粟的《紅樓夢書錄》新一版（頁四八至五七）著錄《妙復軒評石頭記》抄本一百二十回，有五桂山人的道光三十年跋文，明說批書的人是張新之，道光二十一年（1841）和他同客莆田；二十四年（1844）評本成五十卷，新之回北京去了；

四五年之後，「同遊臺灣，居郡署……閱一載，百二十回竟脫稿……」張新之的籍貫生平無可考，可能是漢軍旗人，但他不是臺灣府知府，只是知府衙門裡的一位幕客，這一點可以改正孫桐生的錯誤。

孫桐生，字小峰，四川綿州人，咸豐二年（1852）三甲一百十八名進士，翰林散館後出知酃縣，後來做到湖南永州府知府。他輯有《國朝全蜀詩抄》。

這部甲戌本第三回二葉下賈政優待賈雨村一段，有墨筆眉評一條，說：

> 予聞之故老云，賈政指明珠而言，雨村指高江村（高士奇）。蓋江村未遇時，因明珠之僕以進身，旋膺奇福，擢顯秩。及納蘭執敗，反推井而下石焉。玩此光景，則寶玉之為容若（納蘭成德）無疑。請以質之知人論世者。
>
> 同治丙寅（五年）季冬，左綿痴道人記（此下有「情主人」小印）

這位批書人就是綿州孫桐生。（刻本「妙復軒」批《紅樓夢》的孫桐生也說「訪諸故老，或以為書為近代明相而作，寶玉為納蘭容若。……若賈雨村，即高江村也……」）我要請讀者認清他這一條長批的筆跡，因為這位孫太守在這個甲戌本上批了三十多條眉批，筆跡都像第二回二葉這條簽名蓋章的長批（此君的批語，第五回有十七條，第六回有五條，第七回有四條，第八回有四條，第二十八回有兩條）。他又喜歡校改字，如第二回九葉上改的「疑」字；第三回十四葉上九行至十行，原本有空白，都被他填滿了；又如第二回上十一行，原作「偶因一著錯，便為人上人」，墨筆妄改「著錯」為「回顧」，也是他的筆跡（庚辰本此句正作「偶然一著錯」）。孫桐生的批語雖然沒有什麼高明見解，我們既已認識了他的字型，應該指出這三十多條墨筆批語都是他寫的。

1961 年 5 月 18 日

（收入《乾隆甲戌脂硯齋重評〈石頭記〉影印本》，1961 年 5 月臺北商務印書館出版，又載 1961 年 6 月 1 日臺北《作品》第 2 卷第 6 期）

重印乾隆王子本《紅樓夢》序

從前汪原放先生標點《紅樓夢》時，他用的是道光王辰（1832）刻本。他不知道我藏有乾隆王子（1792）的程偉元第二次排本。現在他決計用我的藏本做底本，重新標點排印。這件事在營業上是一件大犧牲，原放這種研究的精神是我很敬愛的，故我願意給他做這篇新序。

《紅樓夢》最初只有抄本，沒有刻本。抄本只有八十回。但不久就有人續作八十回以後的《紅樓夢》了。俞平伯先生從戚本八十回的評註裡看出當時有一部「後三十回的《紅樓夢》」（《紅樓夢辨》下卷，頁一至三七），這便是續書的一種。高鶚續作的四十回，也不過是續書的一種。但到了乾隆五十六年至五十七年之間，高鶚和程偉元串通起來，把高鶚續作的四十回同曹雪芹的原本八十回合併起來，用活字排成一部，又加上一篇序，說是幾年之中蒐集起來的原書全稿。從此以後，這部百二十回的《紅樓夢》遂成了定本，而高鶚的續本也就「附驥尾以傳」了（看我的《紅樓夢考證》，頁五三至六七；俞平伯《紅樓夢辨》上卷，頁一至一六二）。

程偉元的活字本有兩種。第一種我曾叫做「程甲本」，是乾隆五十六年（1791）排印，次年發行的。第二種我曾叫做「程乙本」，是乾隆五十七年改訂的本子。

程甲本，我的朋友馬幼漁教授藏有一部。此書最先出世，一出世就風行一時，故成為一切後來刻本的祖本。南方的各種刻本，如道光壬辰的王刻本等，都是依據這個程甲本的。

但這個本子發行之後，高鶚就感覺不滿意，故不久就有改訂本出來。程乙本的

「引言」說：

……因急欲公諸同好，故初印時不及細校，間有紕繆。今復聚集各原本，詳加校閱，改訂無訛。唯閱者諒之。

馬幼漁先生所藏的程甲本就是那「初印」本。現在印出的程乙本就是那「聚集各原本，詳加校閱，改訂無訛」的本子，可說是高鶚、程偉元合刻的定本。

這個改本有許多改訂修正之處，勝於程甲本。但這個本子發行在後，程甲本已有人翻刻了；初本的一些矛盾錯誤仍舊留在現行各本裡，雖經各家批註裡指出，終沒有人敢改正。我試舉一個最明顯的例子為證。第二回冷子興說賈家的歷史，中有一段道：

第二胎生了一位小姐，生在大年初一，就奇了。不想次年又生了一位公子，說來更奇，一落胞胎，嘴裡便啣下一塊五彩晶瑩的玉來，還有許多字跡。

後來評讀此書的人，都覺得這裡必有錯誤，因為後文第十八回賈妃省親一段裡明說「寶玉未入學之先，三四歲時，已得賈妃口傳授教了幾本書，識了數千字在腹中；

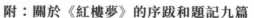

雖為姊弟，有如母子」。這樣一位長姊，何止大他一歲？所以戚本便改作：

第二胎生了一位小姐，生在大年初一日，就奇了。不想後來又生了一位公子。

這是一種改法。程甲本也作「次年」。我的程乙本便大膽地改作了：

第二胎生了一位小姐，生在大年初一，就奇了。不想隔了十幾年，又生了一位公子。

這三種說法，究竟那一種是原本呢？

前年我的朋友容庚先生在冷攤上買得一部舊抄本的《紅樓夢》，是有百二十回的。他不但認這本是在程本以前的抄本，竟大膽地斷定百二十回本是曹雪芹的原本。他作了一篇《紅樓夢的本子問題，質胡適之、俞平伯先生》（北京大學《國學週刊》第五、六、九期），舉出他的抄本文字上與程甲本及亞東本不同的地方，要證明他的抄本是程本以前的曹氏原本。我去年夏間答他一信，曾指出他的抄本是全抄程乙本的，底本正是高鶚的二次改本，決不是程刻以前的原本。他舉出的異文，都和程乙本完全相同。其中有一條異文就是第二回裡寶玉的生年。他的抄本也作：

不想隔了十幾年，又生了一位公子。

我對容先生說：凡作考據，有一個重要的原則，就是要注意可能性的大小。可能性（Probability）又叫做「幾數」，又叫做「或然數」，就是事物在一定情境之下能變出的花樣。把一個銅子擲在地上，或是龍頭朝上，或是字朝上，可能性都是百分之五十，是均等的。把一個「不倒翁」擲在地上，他的頭輕腳重，總是腳朝下的，故他有一百分的站立的可能性。試用此理來觀察《紅樓夢》裡寶玉的生年，有二種可能：

（1）原本作「隔了十幾年」，而後人改作了「次年」。

（2）原本作「次年」，而後人改為「隔了十幾年」。

以常理推之，若原本既作「隔了十幾年」，與第十八回所記正相照應，決無反改為「次年」之理。程乙本與抄本之改作「十幾年」，正是他晚出之鐵證。高鶚細察全書，看出第二回與十八回有大相矛盾的地方，他認定那教授寶玉幾千字和幾本書的姊姊，既然「有如母子」，至少應該比寶玉大十幾歲，故他就假託參校各原本的結果，大膽地改正了。

直到今年夏間，我買得了一部乾隆甲戌（1754）抄本《脂硯齋重評石頭記》殘本十六回，這是曹雪芹未死時的抄本，為世間最古的抄本。第二回記寶玉的生年，果然也是：

第二胎生了一位小姐，生在大年初一，這就奇了。不想次年又生了一位公子。

這就證實了我的假定了。我曾考清朝的后妃，深信康熙、雍正、乾隆三朝沒有姓曹的妃子。大概賈元妃是虛構的人物，故曹雪芹先說她比寶玉大一歲，後來越造越不像了，就不知不覺地把元妃的年紀加長了。

我再舉一條重要的異文。第二回冷子興又說：

當日寧國公、榮國公是一母同胞弟兄兩個。寧公居長，生了四個兒子。

程甲本，戚本都作「四個兒子」。我的程乙本卻改作了「兩個兒子」。容庚先生的抄本也作「兩個兒子」。這又是高鶚後來的改本，容先生的抄本又是抄高鶚改訂本的。我的《脂硯齋重評石頭記》殘本也作「四個兒子」，可證「四個」是原文。但原文於寧國公的四個兒子，只說出長子是代化，其餘三個兒子都不曾說出名字，故高鶚嫌「四個」太多，改為「兩個」。但這一句卻沒有改訂的必要。《脂硯齋》殘本有夾縫硃批云：

賈薔、賈菌之祖，不言可知矣。

高鶚的修改雖不算錯，卻未免多事了。

我在《紅樓夢考證》裡曾說：

> 程偉元的序裡說，《紅樓夢》當日雖只有八十回，但原本卻有一百二十卷的目錄。這話可惜無從考證（戚本目錄並無後四十回）。我從前想當時各抄本中大概有些是有後四十回目錄的，但我現在對於這一層很有點懷疑了。

俞平伯先生在《紅樓夢辨》裡，為了這個問題曾作一篇長文（卷上，頁一一至二六），辨「原本回目只有八十」。他的理由很充足，我完全贊同。但容庚先生卻引他的抄本第九十二回的異文做證據，很嚴厲地質問平伯道：

> 我們讀第九十二回「評《女傳》巧姐慕賢良，玩母珠賈政參聚散」，只覺得寶玉評女傳》，不覺得巧姐慕賢良的光景；賈政玩母珠，也不覺得參什麼聚散的道理。這不是很大的漏洞嗎？
>
> 使後四十回的回目係曹雪芹作的，高鶚補作，不大瞭解曹雪芹的原意，故此說不出來，尚可勉強說得過去。無奈俞先生想證明後四十回係高鶚補作，不能不把後四十回目一併推翻，反留下替高鶚辯護的餘地。

現在把抄本關於這兩段的抄下。後四十回既然是高鶚補的，幹嘛他自己一次二次排印的書都沒有這些的話？沒有這些話是否可以講得去？請俞先生有以語我來？（《國學週刊》第六期，頁十七）

容先生的抄本所有的兩段異文，都是和這個程乙本完全一樣的，也都是高鶚後來修改的。容先生沒有看見我的程乙本，只看見了幼漁先生的程甲本，他不該武斷地說高鶚「自己一次二次排印的書都沒有這些話」。我們現在知道高鶚的初稿（程甲本）與現行各本同沒有這兩段；但他第二次改本（程乙本）確有這兩段。我們把這兩段分抄在這裡。

（1）第一段「慕賢良」。

程甲本與後來翻此本的各本：

寶玉道：「那文王后妃，是不必說了，想來是知道的。那姜後脫簪待罪；齊國的無鹽雖醜，能安邦定國：是后妃裡頭的賢能的。若說有才的，是曹大家，班婕妤，蔡文姬，謝道韞諸人。孟光的荊釵布裙，鮑宣妻的提甕出汲，陶侃母的截髮留賓，還有畫荻教子的：這是不厭貧的。那苦的裡頭有樂昌公主破鏡重圓，蘇蕙的迴文感主。

那孝的是更多了：木蘭代父從軍，曹娥投水尋父的屍首等類也多，我也說不得許多。那個曹氏的引刀割鼻，是魏國的故事。那守節的更多了，只好慢慢的講。若是那些豔的，王嬙，西子，樊素，小蠻，絳仙等；妒的是，『禿妾髮，怨洛神』……等類。文君，紅拂，是女中的豪俠。」

賈母聽到這裡，說：「彀了；不用說了。你講的太多，他那裡還記得呢？」

程乙本（容抄本同）：

寶玉便道：「那文王后妃，不必說了。那姜後脫簪待罪，和齊國的無鹽安邦定國：是后妃裡頭的賢能的。」巧姐聽了，答應個「是」。寶玉又道：「若說有才的，是曹大家，班婕妤，蔡文姬，謝道韞諸人。」巧姐問道：「那賢德的呢？」寶玉道：「孟光的荊釵布裙，鮑宣妻的提甕出汲，陶侃母的截發留賓：這些不厭貧的，就是賢德的了。」巧姐欣然點頭。寶玉道：「還有苦的像那樂昌破鏡，蘇蕙迴文。那孝的木蘭代父從軍，曹娥投水尋屍等類，也難盡說。」巧姐聽到這些，卻默默如有所思。寶玉又講那曹氏的引刀割鼻，及那些守節的。巧姐聽著，更覺肅敬起來。寶玉恐他不自在，又說：「那些豔的，如王嬙，西子，樊素，小蠻，絳仙，文君，紅拂都是女中的……」尚未說出，賈母見巧姐默然，便說：「夠了；不用說了。講的太多，他那裡記得？」

（2）第二段「參聚散」。

程甲本與後來翻此本的各本：

馮紫英道：「人世的榮枯，仕途的得失，終屬難定。」賈政道：「像雨村算便宜的了。還有我們差不多的人家，就是甄家，從前一樣的功勛，一樣的世襲，一樣的起居，我們也是時常來往。不多幾年，他們進京來，差人到我這裡請安，很還熱鬧。一會兒抄了原籍的家財，至今杳無音信。不知他近況若何，心下也著實惦記。看了這樣，你想做官的怕不怕？」賈赦道：「我們家裡再沒有事的。」

程乙本（容抄本同）：

馮紫英道：「人世的榮枯，仕途的得失，終屬難定。」賈政道：「天下事是一個樣的理喲！比如方才那珠子：那顆大的就像有福氣的人是的。那些小的都託賴著他的靈氣護庇著。要是那大的沒有了，那些小的也就沒有收攬了。就像人家兒當頭人有了事，骨肉也都分離了，親戚也都零落了，就是好朋友也都散了，轉瞬榮枯，真似春雲秋葉一般。你想做官有什麼趣兒呢？像雨村算便宜的了。還有我們差不多的人家兒，就是甄家；從前一樣功勛，一樣世襲，一樣起居，我們也是時常來往。不多幾年，他們進京來，差人到我這裡請安，還很熱鬧。一會兒抄了原籍的家財，至今杳無音信。不知他近況若何，心下也著實惦記著。」賈赦道：「什麼珠子？」賈政同馮紫英又說了一遍給賈赦聽。賈赦道：「我們家是再沒有事的。」

容庚先生想用這兩大段異文來證明，不但後四十回的回目是曹雪芹原稿有的，並且後四十回的全文也是曹雪芹的原文。他不知道這兩大段異文便是高鶚續書的鐵證，也是他偽作回目的鐵證。

高鶚的「引言」裡明明說：

（二）書中前八十回，抄本各家互異。今廣集核勘，準情酌理，補遺訂訛。其間或有增損數字處，意在便於披閱，非敢爭勝前人也。

（四）書中後四十回系就歷年所得，集腋成裘，更無他本可考，唯按其前後關照者，略為修輯，使其有應接而無矛盾。至其原文，未敢臆改。俟再得善本，更為釐定，且不欲盡掩其本來面目也。

前八十回有「抄本各家互異」，故他改動之處，如上文舉出第二回裡的改本，還可以假託「廣集核勘」的結果。但他既明明承認「後四十回更無他本可考」，又既明明宣言這四十回的原文「未敢臆改」，何以又有第九十二回的大改動呢？豈不是因為他刻成初稿（程甲本）之後，自己感覺第九十二回的內容與回目不相照應，故偷偷地自己修改了，又聲明「未敢臆改」以掩其作偽之跡嗎？他料定讀小說的人絕不會費大工夫用各種本子細細校勘。他那裡料得到一百三十多年後居然有一位容庚先生肯用校勘學的工夫去校勘《紅樓夢》，居然會發現他作偽的鐵證呢？

這個程乙本流傳甚少；我所知的，只有我的一部原刻本和容庚先生的一部舊抄本。現在汪原放標點了這本子，排印行世，使大家知道高鶚整理前八十回與改訂後四十回的最後定本是個什麼樣了，這是我們應該感謝他的。

1927，11，14 在上海

（收入曹雪芹著，汪原放標點《紅樓夢》，1927 年亞東圖書館版）

胡天獵先生影印乾隆壬子年活字版百廿回《紅龍夢》短序

胡天獵先生影印的這部百廿回《紅樓夢》，確是乾隆五十七年壬子（1792）程偉元「詳加校閱改訂」的第二次木活字排印本，即是我所謂「程乙本」。證據很多，我只舉一點。「程甲本」第二回說賈政的王夫人「第二胎生了一位小姐，生在大年初一，就奇了。不想次年又生了一位公子，說來更奇，一落胞胎，嘴裡便銜下一塊五彩晶瑩的玉來」。後來南北雕刻本都是從「程甲本」出來的，故這一段的文字都與「程甲本」相同。我的「甲戌本」脂硯齋重評此段文字與「程甲本」相同，可見雪芹原稿本是這樣的。但《紅樓夢》第十八回賈妃省親一段裡明說寶玉「三四歲時，已得賈妃口傳授教了幾本書，識了幾千字在腹中，雖為姊弟，有如母子」。這樣一位長姊，何止大他一歲？所以改訂的「程乙本」此句就成了「不想隔了十幾年，又生了一位公子」。胡天獵先生此本正作「隔了十幾年」，可證此本確是「程乙本」。

「程甲本」沒有「引言」。此本有「引言」七條，尾題「壬子花朝後一日小泉蘭墅又識」。小泉是程偉元，蘭墅是續作後四十回的高鶚。「引言」說明「初印時不及細校，間有紕繆，今後聚集各原本，詳加校閱，改訂無訛」，這也是「程乙本」獨有的標記。

1927年，上海亞東圖書館用我的一部「程乙本」做底本，出了一部《紅樓夢》的重排印本，這是「程乙本」第一次的重排本。1959年臺北遠東圖書公司出版的《紅樓夢》，就是用亞東圖書館的本子排印的。

1960年香港友聯出版社的趙聰先生校點的《紅樓夢》，也是用亞東本做底本的。據趙聰先生的《重印〈紅樓夢〉序》說，上海「作家出版社」曾在1953年及1957年出了兩部《紅樓夢》排印本，也都是用「程乙本」做底本的，可能都是用亞東本重排的。

這就是說，「程乙本」在最近三四十年裡，至少已有了五個重排印本了。可是「程乙本」本身，只有極少的幾個人曾經見到。趙聰先生說：「程乙本的原排本，現在差不多已成了世間的孤本，事實上我們已不可能再見到。」

胡天獵先生收藏舊小說很多，可惜他只帶了很少的一部分出來，其中居然有這一部原用木活字排印的「程乙本」《紅樓夢》！現在他把這部「程乙本」影印流行，使世人可以看看一百七十年前程偉元、高鶚「詳加校閱改訂」的《紅樓夢》是個什麼樣子。這是《紅樓夢》版本上一件很值得歡迎贊助的大好事，所以我很高興的寫這篇短序來歡迎這個影印本。

1961年2月12日，曹雪芹死後整一百九十八年的紀念日，胡適在南港。

（收入《影印乾隆壬子年木活字本百廿回〈紅樓夢〉》，1961年臺北青雲山莊出版社出版）

跋子水藏的有正書局石印的戚蓼生序本《紅樓夢》的小字本

狄平子（葆賢）加評石印的戚蓼生序本八十回《紅樓夢》有大字本與小字本的分別。我用傅孟真原藏的大字本比勘毛子水的小字本，可以指出兩本的同異有這幾點：

（一）大字本每半頁九行，行二十字，小字本每半頁十五行，行三十字。

（二）小字本是用大字本剪黏石印的，故文字完全相同，斷句的圈子也完全相同，只有一葉例外，就是六十八回鳳姐初見尤二姐的談話，狄平子似嫌原本太多文言，不像那位識字不多的王熙鳳的口氣，所以曾用程偉元、高鶚的改本來塗改原本。但只塗改了十四行（六十八回二葉上九行至二葉下四行），這塗改的部分不好剪黏重印，所以小字本的六十八回第二葉的下半葉是重抄了通行本的文字付石印的。改本的白話比原本的文字加多了，故此半葉的行款很不整齊，還是半葉十五行，但每行字數從三十字到三十五字不等（參看《胡適文存》第四集卷三《跋庚辰本脂硯齋重評〈石頭記〉》的最後部分）。

（三）大字本原分前後兩集出版，前集四十回上方往往有狄平子的批評，往往指出此本與流行本文字上的不同。後集四十回則無一條評語。後集第一冊的封面後頁有「徵求批評」的廣告一頁：

此書前集四十回，曾將與今本不同之點略為批出。此後集四十回中之優點，欲求閱者寄稿，無論頂批總批，只求精意妙論，一俟再版時即行加入。茲定潤例如下：

一等　每千字　十元

二等　每千字　六元

三等　每千字　五元

再前集四十回中批語過簡，倘蒙賜批，一律歡迎。

上海望平街有正書局啟

這在當時是很高的報酬，所以小字本四十一回以後每回都有批語，大都是指此本與通行本的文字的不同。這是小字本的特別長處，值得特別指出。

（四）大陸上新出的《紅樓夢書錄》，其「版本」部分著錄此本的大字本，說是「民國元年」（1912）石印的。這似是錯的；若是民國元年印出的，書名不會題「國初抄本」了。孟真藏本沒有初版年月。此書初印可能在宣統年間。

《書錄》記小字本初印在民國九年（1920），再版在 1927 年。子水此本末葉題「中華民國十六年（1927）五月貳版」。

《書錄》說小字本「系據大字本重新謄錄上石」，也是錯的，說見上文。

1961 年 5 月 6 日適之

有幾處（十一，十二回），我曾用庚辰本給此本校補脫文，略示此本雖然出於一個很早的抄本，但有不少的缺點，因為石印時經過重抄，我們不知道這些缺點是出於原抄本，還是由於重抄時的錯誤。

戚蓼生是乾隆三十四年己丑（1769）的進士，做到福建按察使。周汝昌有詳考。

（收入《胡適手稿》第九集）

俞平伯的《紅樓夢辨》

林語堂先生從哥大圖書館借出一本俞平伯的《紅樓夢辨》原版，是民國十二年（1923）四月出版的，紙張已破爛到不可手觸的狀態了，所以哥大圖書館已不許出借，語堂託了館裡職員代他借得。

三十多年沒看見這本書了，今天見了頗感覺興趣。有一些記錄，在當年不覺得有何特別意義，在三十多年後就很有歷史意味了。

如顧頡剛序中說《紅樓夢辨》的歷史，從我的《紅樓夢考證》的初稿（1921年3月下旬）寫成之後，那時候北京國立學校正為了索薪罷課，頡剛有工夫常到京師圖書館去替我查書。

平伯向來歡喜讀《紅樓夢》……常到我的寓裡探詢我們找到的材料。……我同居的潘介泉是熟讀《紅樓夢》的人，我們有什麼不曉得的地方，問了他，他總可以回答出來。我南旋的前幾天，平伯、介泉和我到華樂園去看戲。我們到了園中，只管翻看《楝亭詩集》，雜講《紅樓夢》，幾乎不曾看戲。

頡剛記平伯給他的第一封信是在4月27日，那時頡剛已回南。

從此以後，我們一星期必作一長信，適之先生和我也常常通訊。……適之先生常常有新的材料發現；但我和平伯都沒找著歷史上的材料，所以專在《紅樓夢》的本文上用力，尤其注意的是高鶚的續書。平伯來信屢屢對於高鶚不得曹雪芹原意之處痛加攻擊。我因為受了閻若璩辨《古文尚書》的暗示，專想尋出高鶚續作的根據，看後四十回與前八十回如何聯絡。

我的結論是：高氏續作之先，曾對於本文用過一番功夫，因誤會而弄錯固是不免，但他絕不敢自出主張，變換曹雪芹的意思。

平伯……很反對我，說我做高鶚的辯護士。他到後來說：弟不敢菲薄蘭墅，卻認定他與雪芹的性格差得太遠了，不適宜於續《紅樓夢》（6月18日）。後來他又說：

我向來對於蘭墅深致不滿，對於他假傳聖旨這一點尤不滿意。現在卻不然了。那些社會上的糊塗蟲，非拿「原書」「孤本」這類鬼話嚇他們一下不可。不然，他們正發了「團圓」迷，高君所補不夠他們的一罵呢！（8月8日）

這都是1921年（民國十年）的事。頡剛說，他們（可能我在內）的信稿，不到四個月，已經裝訂成好幾本。

我的《紅樓夢考證》初稿的年月是民國十年（1921）三月廿七。我的《考證》改定稿是同年十一月十二日寫定的。平伯、頡剛的討論——實在是他們和我三個人的討論——曾使我得到很多好處。其中一個最明顯的益處是我在初稿裡頗相信程偉元活字本序裡「原本目錄一百二十卷」一句話，我曾推想當時各種抄本之中大概有些是有後四十回的目錄的，我在改定稿裡就「很有點懷疑了」，並且引了平伯舉出的三個理由來證明後四十回的回目也是高鶚補作的。平伯的三個理由：（一）和第一回自敘的話不合；（二）湘雲的丟開；（三）不合作文時的程式。我接著指出小紅、香菱、鳳姐三人在後四十回裡的地位與結局似乎都不是雪芹的原意。

頡剛序文裡提到「去年（1922）二月，蔡孑民先生發表他對於《紅樓夢考證》的答辯」。此指蔡先生的《石頭記索隱》第六版自序，我竟不記得此序出版的年月了。我的答覆的年月是十一年（1922）五月十日。

頡剛序中說：

平伯看見了（蔡先生）這篇，就在《時事新報》上發表一篇回駁的文字，同時他寄我一信，告我一點大概，並希望我和他合做《紅樓夢》的辯證，就把當時的通訊整理成為一部書。……

我三月中南旋，平伯就於四月中從杭州來（蘇州）看我。……我……勸他獨力擔任這事。……夏初平伯到美國去，在上海候船……那時他的全稿已完成了，交與我代覓抄寫的人，並切囑我代他校勘。……（後來）平伯又因病回國了，我就把全稿寄回北京，請他自校。

頡剛的序的年月是1923年3月5日。平伯自己的《引論》題著「1922，7，8」。全書出版的年月是十二年（1923）四月。

頡剛序中末節表示三個願望。其第一段最可以表示當時一輩學人對於我的《紅樓夢考證》的「研究的方法」的態度：

……紅學研究了近一百年，沒有什麼成績。適之先生做了《紅樓夢考證》之後，不過一年，就有這一部系統完備的著作。這並不是從前人特別糊塗，我們特別聰穎，只是研究的方法改過來了。從前人的研究方法不注重於實際的材料而注重於猜度力的敏銳，所以他們專喜歡用冥想去求解釋。……

我們處處把（用？）實際的材料做前導，雖是知道的事實很不完備，但這些事實總是極確實的，別人打不掉的。我希望大家看著舊紅學的打倒，新紅學的成立，從此悟得一個研究學問的方法，知道從前人做學問，所謂方法實不成為方法，所以根基不堅，為之百年而不足者，毀之一旦而有餘。現在既有正確的科學方法可以應用了，比了古人真不知便宜了多少。

頡剛此段實在說的不清楚，但最可以表示當時我的「徒弟們」對於「研究方法改過來了」這一件事實，確曾感覺很大的興奮。頡剛在此一段說到「正確的科學方法」，他在下一段又說道：

> 希望大家……（讀這部《紅樓夢辨》）而能感受到一點學問氣息，知道小說中作者的品性，文字的異同，版本的先後，都是可以仔細研究的東西，無形之中養成了他的歷史觀念和科學方法……

他在序文前半又曾提到他們想「合辦一個研究《紅樓夢》的月刊，內容分論文，通訊，遺著叢刊，版本校勘記等。論文與通訊又分兩類：（一）用歷史的方法做考證的；（二）用文學的眼光做批評的。他（平伯）願意把許多《紅樓夢》的本子聚集攏來校勘，以為校勘的結果一定可以得到許多新見解」……

平伯此書的最精彩的部分都可以說是從本子的校勘上得來的結果。

1957，7，23 夜半紀念頡剛、平伯兩個《紅樓夢》同志

適之

（收入《胡適手稿》第九集）

跋《紅樓夢書錄》

《紅樓夢書錄》收錄《紅樓夢》的版本及其他有關的文字約九百種之多，「直到 1954 年 10 月以前為止」。這是因為 1954 年 10 月以後，中共開始清算俞平伯的《紅樓夢簡編》與《紅樓夢研究》，不久就「槍口轉向胡適」，引起了幾百萬字的清算我的文字，實在「美不勝收」了！

此錄把我的《乾隆甲戌（1754）脂硯齋重評石頭記》列在第一（三頁），又明說「周汝昌有錄副本」（五頁），故我去年曾疑心此錄的編者署名「一粟」，可能就是周汝昌或是他的哥哥緝堂。

今大我重翻檢此錄，才知道此錄不是周家兄弟編的。第一，此錄記我的甲戌本，說：

此本劉銓福舊藏。……後歸上海新月書店，已發出版廣告，為胡適收買，致未印行。（五頁）

這是無意的誤解或有心的歪曲我說的「不久新月書店的廣告出來了，藏書的人把此書送到店裡來，轉交給我看」一句話。汝昌兄弟何至於說這樣荒謬的話？第二，汝昌兄弟有影印的全部，而此錄僅說汝昌有「錄副本」，似編者未見他們的影寫本。第三，汝昌弟兄影寫本，全抄劉銓福諸跋及濮氏兄弟合跋，又抄了俞平伯跋的全文。而此錄（五頁）載平伯此跋是從《燕郊集》轉抄來的。若此錄出於周氏兄弟，他們何必引《燕郊集》呢？

此錄「古典文學出版社」印行，字數二十七萬七千，1958年4月第一版。

此錄分七類：（一）版本、譯本；（二）讀書（附仿作）；（三）評論（附報刊）；（四）圖畫、譜錄；（五）詩詞；（六）戲曲、電影；（七）小說、連環畫。

1961，2，15 胡適

【補記】

此錄的「評論」部分，二三三頁收有「曹雪芹家的籍貫」一目，「適之撰。載1948年2月14日上海《申報．文史》第十期」。這不是我的文字，不知是誰。可能是誤記了作者題名？

同頁收有「《紅樓夢》作者曹雪芹生卒年之新推定」一目，「周汝昌撰，載1947年12月5日天津《民國日報．副刊》第七十一期」。又「致周汝昌函」一目，「胡適撰。載1948年2月20日天津《民國日報．副刊》第八十二期」。我此信可能是1947年12月寫的。又下一頁收「關於曹雪芹的生卒年，復胡適之先生」一目，周汝昌撰。載1948年5月21日天津《民國日報．副刊》第九十二期。這一次通訊是因為周汝昌發現了敦敏的《懋齋詩抄》抄本裡的一首題「癸未」的詩，其下第三頁為《小詩代簡寄曹雪芹》，故他主張雪芹之死不在「壬午除夕」，應是「癸未除夕」。我給他的信，說他的證據似可信。我當時也疑心我的「甲戌本」上「脂批」的「壬午除夕」可能是「癸未除夕」的誤記。近年（1955）這本《懋齋詩抄》影印本出來了。我看了這個抄本的原稿子，似不是嚴格依年月編次的；又不記葉數，裝訂時更容易倒亂。《小詩代簡》一首及前三首的次第如下：

《古剎小憩癸未》；

《過貽謀東軒，同敬亭題壁，分得軒字》；

《典裘》；

《小詩代簡，寄曹雪芹》。

這首《寄曹雪芹》詩如下：

> 東風吹杏雨，又早落花辰。好枉故人駕，來看小院春。詩才憶曹植，酒盞愧陳遵。上巳前三日，相勞醉碧茵。

這好像是癸未（乾隆廿八年）春天邀雪芹三月一日（「上巳前三日」）去小酌的「小詩代簡」。發此「代簡」時，去雪芹死（壬午除夕）只有一個半月的光景，可能他還不知道雪芹已死了。敦誠的挽雪芹詩，題下寫「甲申」（乾隆廿九年），而敦敏有《河干集飲題壁，兼弔雪芹》詩，無年月，編在「代簡」詩之後第十六葉，詩中有「逝水不留詩客杳，登樓空憶酒徒非」之句。此詩與「代簡」詩之間，有詩五十八首，未必都是一年內之作，也未必是依年月編次的。故我現在的看法是，敦敏的「代簡」詩即使是「癸未」二月作的，未必即能證實雪芹之死不在壬午除夕。

1961，2，17 胡適補記

（收入《胡適手稿》第九集）

電子書購買　爽讀 APP

國家圖書館出版品預行編目資料

胡適的紅樓夢考證：曹雪芹與《紅樓夢》，從考據版本到細究年代背景，新紅學之奠基 / 胡適 著 . -- 第一版 . -- 臺北市：複刻文化事業有限公司 , 2023.12
面；　公分
POD 版
ISBN 978-626-7403-11-2(平裝)
1.CST: 紅學 2.CST: 文學評論 3.CST: 研究考訂
857.49　112017726

胡適的紅樓夢考證：曹雪芹與《紅樓夢》，從考據版本到細究年代背景，新紅學之奠基

臉書

作　　者: 胡適
發 行 人: 黃振庭
出 版 者: 複刻文化事業有限公司
發 行 者: 複刻文化事業有限公司
E-mail: sonbookservice@gmail.com
粉 絲 頁: https://www.facebook.com/sonbookss/
網　　址: https://sonbook.net/
地　　址: 台北市中正區重慶南路一段六十一號八樓 815 室
Rm. 815, 8F., No.61, Sec. 1, Chongqing S. Rd., Zhongzheng Dist., Taipei City 100, Taiwan
電　　話: (02)2370-3310　**傳　　真**: (02) 2388-1990
印　　刷: 京峯數位服務有限公司
律師顧問: 廣華律師事務所 張珮琦律師
定　　價: 299 元
發行日期: 2023 年 12 月第一版
◎本書以 POD 印製
Design Assets from Freepik.com